村上收音機2

大蕪菁、難挑的酪梨

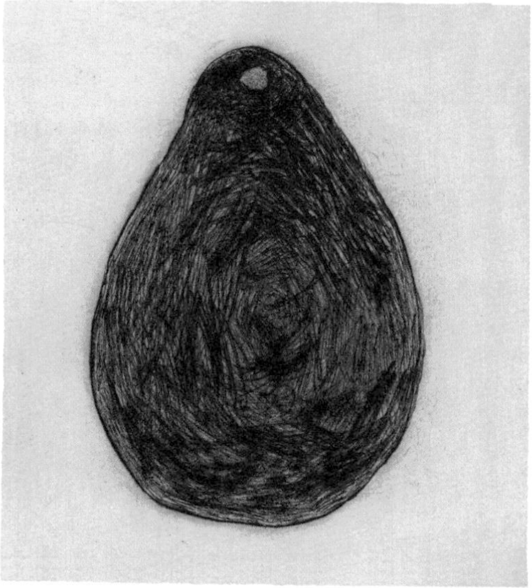

村上春樹 著
大橋步 繪
賴明珠 譯

目錄

前言

相隔十年捲土重來

村上春樹

這本書是在《anan》雜誌連載的「村上收音機」一年份稿子整理出來的文章。順序依連載原樣。我十年前也在《anan》雜誌上，以同樣標題連載過。後來爲了忙著寫小說，實在沒工夫再寫連載的隨筆了。不過在長篇小說《1Q84》花了三年時間終於寫完之後，肩上的擔子總算落下，才有「好久沒寫了，來寫些隨筆也不錯」的心情。

在寫小說時，小說家腦子裡需要有很多抽屜。有小小的插曲、微細的知識、些許的記憶、個人的世界觀（之類的東西）……，寫著小說時這種材料可以隨處用上。不過這些東西，如果以隨筆的形式輕易用掉的話，小說就會沒辦法再自由使用了。因此我才很小氣地（可以說）悄悄藏在抽屜裡。但是寫完小說之後，會出現一些結果沒用上的抽屜，其中有些好像可以用來當隨筆的材料。就是這麼回事。

我本業是小說家，認爲隨筆基本上就像「啤酒公司製造的烏龍茶」般的東西。不過世上也有很多人說「我不能喝啤酒，只能喝烏龍茶」，因此也不能偷懶。一旦要製作烏龍茶，就要做日本第一美味的烏龍茶，是作者當然該有的氣魄。但話雖如此，以我來說只想放鬆肩膀，輕鬆一點來寫這一連串的文章。如果您也能肩膀放鬆，輕鬆地讀，就再好不過了。

深深感謝每次爲我們畫美麗銅版畫的大橋步女士。我每周都密切期待不知道會配什麼樣的畫。這也是擁有連載的很大樂趣之一。

青菜的心情

電影《超速先生》中，安東尼．霍普金斯飾演的老人說：「不追夢的人生跟青菜一樣。」

這是前一陣子看的電影，所以細節可能不太一樣，不過我記得那發言的大概意思是這樣。他擁有把「印地安號」骨董級摩托車改造成時速三百公里的人生目標，是個超放克（funky）的老爺，他對鄰家小男孩這樣說。真是相當帥的台詞吧。

但事情並沒有就這樣簡單結束。男孩反問他「但你說青菜，是什麼樣的青菜呢？」被這樣意外地逼問，老爺也頗傷腦筋，「嗯，是什麼青菜。對了，嗯，大概像高麗菜吧。」話題總算往旁邊岔開了。我大體上喜歡這種話題的急轉直下方式，因此對這部電影還滿有好感的。故事在「不追夢的人生跟青菜一樣」之後很快就結束了，或許很帥，但這樣一來青菜就失去立場了。不是嗎？

我因爲是不太吃肉的人，因此無論如何青菜都會成爲主要的食物。我也喜歡到超級市場或青菜店去買菜，自己挑選青菜。拿起水嫩嫩的新鮮高麗菜，想到今天要如何來料理這東西時，就會滿心期待。世上可能有不少男人面對美麗女子時，會想「今晚要如何料理這女孩」而滿心期待，但我的情況（大多）對象是高麗菜或茄子或蘆筍。不管是好是壞。

把這高麗菜快速燙一下，配鯷魚當義大利麵的佐菜也很好。跟炸豆腐一起煮味噌湯也很好。或細細切成絲，加美乃滋吃一大碗也不錯……。腦子裡這種幻想逐漸膨脹下去。慾望的形狀逐漸明白。天色漸漸轉黑。

但不管怎麼樣，我飢餓的心，卻不會往高麗菜捲的方向轉。我年輕時開過餐飲店，每天每天都做了多得令人厭煩的高麗菜捲。所以老實說，看都不想再看到高麗菜捲了。雖然覺得對高麗菜捲很抱歉。

如果有人斷然對我說「不追夢的人生跟青菜一樣」，我會想「是嗎？」不過試想起來，青菜也有各種青菜，有各種青菜的心，有各種青菜的苦衷。從每一種青菜的觀點來展望各種事情時，過去自己身爲一個人的人生到底又怎麼樣呢？
（也曾）不禁落入沉思。一概輕視任何事情，似乎不太好喔。

本周的村上　把山手線路線圖當成青椒的形狀。你已經知道了嗎？

漢堡

我旅居夏威夷時，一個人到超級市場去買東西，把車停在停車場走出來時，被一個像流浪漢的中年白人叫住。瘦瘦的，頭髮留長，曬得黑黑的，穿著少少的簡樸衣服和涼鞋。關於衣服，和火奴魯魯的一般市民也有一點難以區分的地方，不過從整體氣氛看來，大概可以想像並不是在觀光飯店游泳池畔邊喝龍舌蘭酒，邊做著日光浴的樣子。

「很抱歉，我肚子非常餓，很想吃漢堡，所以請給我一塊錢好嗎？」他以安靜的聲音說。

我嚇了一跳。站在街角時，常常看到「給我零錢好嗎？」這樣招呼的流浪漢，但第一次遇到把目的和金額這樣明確限定請求援助（該怎麼說呢？）的對象。我看看周圍，停車場前有一家「漢堡王」，也微微飄來烤肉的香味。

我當然給了那個人一塊美元。原因之一是，當肚子非常餓的時候，如果從什

麼地方飄來漢堡香味的話，那一定很難過，不由得同情起來（確實有眞實感），另一個原因是，他採取了跟其他流浪漢完全不同的有創意訴求方式，讓我對他的企畫力感到眞佩服。

所以從皮夾拿出一塊錢來說：「請好好享受漢堡。」他又以安靜的聲音說「謝謝」，也沒微笑一下。就把一元美金鈔票塞進口袋，往漢堡王的方向，涼鞋邊發出酷酷的聲音邊走過去。

「漢堡之外也請喝奶昔」後來才忽然想到，應該這樣說，給他三塊美元嘛，但那時已經太遲。我天生頭腦要浮現一點什麼，會比別人多花時間，念頭浮現時，大多每次都已經太晚了。

那麼，這件事的教訓到底是什麼？

被這麼一問，我也不太清楚，不過或許是「人的想像力這東西，如果不是某種程度在限定的領域，就不太能轉動」。如果人家光是模糊地說「我肚子餓了，請給我錢，多少都可以」的話，這邊可能也不太會被感動。頂多義務性地給個25

分錢就了事。

不過「因爲我想吃漢堡，所以請給我一塊錢好嗎？」這樣具體坦白地提出形象時，就不會當成別人的事不理了。說不定因爲某種原因自己也處在對方的立場，會是什麼樣的心情？也會這樣尋思起來。所以幾乎是反射性地掏出一塊錢給他。而且內心暗暗祈禱，希望他能拿那錢去吃漢堡，能得到些許幸福感也好。

不過很想乾脆也請他喝個奶昔啊。

本周的村上　最近買的東西中，有NIKE跑步用耳機中最夯的那種。

必須感謝羅馬市

喜歡開車嗎？

我從年輕時候就一直住在市區，所以完全沒有感覺到擁有車子或自己開車的必要。只要有地下鐵、巴士或計程車，日常生活所需大多都可以解決。

但到了三十幾歲的後半，我到希臘和義大利住了幾年，那時候才深深感覺「這下沒車子實在活不下去」，於是努力拿到駕照，買了車子。因此我新手上路的時代，大半都在羅馬度過，一句話帶過固然簡單，但在羅馬新手要開車，其實簡直像要縮短生命一樣。因爲羅馬市民一旦握住方向盤就會忽然充滿攻擊性（技術倒很高明），道路到處擁擠，幾乎全是單行道，搞不清楚怎麼回事，一有點差錯，或慢一點，就會被周圍的喇叭聲圍攻過來，有人開窗破口大罵，直排停車簡直是噩夢，反正種種事情讓你吃盡苦頭。

不過也託這個福，我到世界任何都市去，都可以不再害怕地輕鬆上路了。無

論交通多麼混亂的道路，我都會不變地想到「比起羅馬這算不了什麼」。光這件事，我就深深感謝羅馬市。Grazie mille（Thank you a thousand times），Rome。

在羅馬開車最快樂的是，手排檔是開車主流這回事。大多的市民都開著小排氣量引擎的車，很有效率地咻、咻、暢快穿梭在大街小巷。這種節奏感一旦親身體會之後，就能非常自然地融入交通車流中。所以我現在開車，都非要手排檔的車，才覺得踏實。

如果讓我發表個人意見，手排檔駕駛能得心應手的女人看起來更有魅力。最近日本都指定以自動排檔考駕照，因此能開手排檔的人已經大量減少了，偶爾看到以手排檔開車的女人時，就會覺得「好樣的」。顯得靈敏而聰明。擁有明確的目的和瞭然的視野，看來像活得獨立自主的人。實際上也許未必如此，但卻有點這種感覺。

確實要學好手排檔駕駛，要比自動排檔需要花更多時間。也需要多用一隻腳才行。不過就像騎腳踏車和游泳一樣，一旦身體學會了，就一輩子忘不了。而且比起只會開自動排檔的人，人生的刻度上樂趣確實會多添一度。眞的。

側耳傾聽引擎的聲音，配合踩油門的感覺，手一邊換檔，一邊開著愛快羅密歐奔馳在托斯卡尼的丘陵地帶的喜悅，我想不到還有多少事情能勝過這個。現在開始準備要拿駕照的女性，不妨以手排檔考駕照。那麼妳的人生可能也會更順利多彩地變檔喔。

本周的村上　爲應需要，前幾天有生以來第一次買了印染花布。雖然沒做壞事，心還是怦怦跳。

宴會苦

我有很多不擅長的事情（例如野生鳥獸的料理、高層大樓、巨大的獨角仙蟲子），其中最不擅長的就是參加慶典、演講和宴會。這三件一次同時來的話——往往會這樣——簡直就像噩夢了。

當然我也長大成人，算踏進社會了，所以如果非要我去，我也會去參加慶典，說個簡短的致詞，在宴會中像一般人那樣談笑。不過不擅長還是沒有變，勉強去做，事後會非常累，暫時沒辦法回去工作。因此這種場合我都極力避免露面。

因此有時也會有失禮的地方，不過在安靜的地方安靜寫作本來就是小說家的工作，除此之外的機能和行爲只不過是額外的奉陪而已。沒辦法對大家陪笑臉，這是我的人生大原則。對作家來說最重要的是讀者，一旦決定對讀者擺出自己的最佳面貌，其他地方就只能說「抱歉」地割捨了。

結婚典禮我也不出席。以前有時會出席，但過了三十歲後，親戚朋友的都一概回絕。如果我在那裡露面，理論上能證明我今後的結婚生活就能圓滿的話，或許會打起精神去參加，但似乎並沒有這種事，因此我會客氣地說明事由婉拒。不製造例外，是拒絕這種招待最方便穩當的祕訣。

在過去的人生中，我努力回想是否出席過什麼快樂的宴會？但很遺憾一次都想不起。相反的，卻能想到很多不快樂的宴會。尤其是和文壇有關的宴會大多很糟糕。甚至想到這樣不如在黑暗潮濕的洞穴裡和巨大的獨角仙空手搏鬥還比較好。

我所想到的理想宴會，是人數總共大約十到十五人左右，人人以安靜的聲音交談，誰也不交換名片，不談工作的事，房間對面弦樂四重奏正端莊地演奏著莫札特，和人親密的暹羅貓舒服地在沙發上睡覺，美味的 Pinot Noir 黑皮諾葡萄酒瓶已經打開，從陽台可以眺望夜晚的海，上面掛著琥珀色的半月，微風陣陣飄來芬芳的氣息，穿著雪紡絲質衣衫的知性美麗中年女子，親切地詳細告訴我鴕鳥的飼養法——這樣的宴會。

「要在自己家飼養雌雄成對的鴕鳥啊，村上先生，至少需要有五百平方米的土地。圍牆一定要有兩公尺高。鴕鳥是長壽的動物，有些還活過八十歲……」

聽著她的話時，心情會漸漸轉變，開始想，我家來養鴕鳥也不錯。

如果是那樣的宴會，去參加看看倒也不妨。有誰要爲我舉辦嗎？

本周的村上　最近常聽Derek Trucks Band的新CD。邊走路。很好。

體型

各位喜歡跑步的朋友，大家好。有沒有好好跑？

我很喜歡跑步，也經常參加賽跑。跑步眞是一件好事。既不花錢，只要有一雙跑鞋和馬路，隨時隨地都可以簡單地跑。

我常常參加千葉縣所舉辦的全程馬拉松，參加時可以領到附近飯店大浴場的折扣入場券。跑完四十二公里之後，汗水乾掉變成白色鹽巴，身體被寒風吹著也很想暖和一下，我想也好，就去了一次那浴場看看。

脫了衣服走進浴場，過一會兒之後忽然發現，周圍的人全體幾乎都是同樣體型的。當然有人高一點，有人矮一點，有中老年的，也有青年人，大家大多是瘦的（至少沒有胖的）、曬黑的、短髮、擁有結實雙腿的。換句話說在那裡的，全體都是跑完馬拉松的人。

雖然不至於說異樣，卻也是相當不可思議的情景。平常，我們到公眾澡堂或

溫泉時，裡面總有變化豐富各種體型的人。有瘦的、有胖的、有看來健康的人、有看來不太健康的人，這各色各樣的人在洗身體、泡澡、聊天。我們對那樣的世界模樣已經非常習以爲常了。然而，當裡面的人全體都長成同樣體型時，當然並不是說有什麼不可以，不過視覺上卻令人無法鎮定。因此很快洗完，就匆匆離開了。

於是，在回家的電車上我忽然想，如果在熱海溫泉的某個旅館舉行「世界超級模特兒會議」之類的活動，普通一般的女人在不知情之下走進大浴場，周圍全都是世界聚集來的赤裸模特兒的話，那一定是相當可怕的經驗。一定像噩夢。如果我是女人，我想一定絕不願意遇到那樣的情況。或許，想瞄一眼的心情，嗯，不是沒有。

＊

我住在波士頓的時候，經常到附近的健身房去運動，那裡不知怎麼很多黑人青年會員，有一天我在開放式淋浴室淋浴時，忽然發現周圍全是肌肉鍛鍊得緊繃的魁梧黑人青年。這也令人緊張。雖然還不至於說可怕，不過眞有忽然誤闖異質空間般的感覺。

這樣一想時，各種體型、各種容貌、各種想法的人適度混合適度相容地活著的世界，是我們的精神最希望的吧。嗯，總之，我想不必勉強想變成模特兒體型。眞的。

本周的村上　在等紅綠燈的時候，從側視鏡裡觀察附近的貓，忽略了燈號變綠，被後面的車子罵。

隨筆難寫

在雜誌上擁有隨筆專欄，還特地這樣說有點怎麼樣，不過寫隨筆其實很難。我本來是小說家，因此覺得寫小說並不太難。雖然一點都不簡單，不過因爲寫小說是我的本業，所以默默寫是理所當然的，沒有一一抱怨「很難」的立場。翻譯也當副業長久在做著，不過一半像當興趣，所以也沒有特別覺得難。把喜歡的作品，在喜歡的時間，只翻譯喜歡的分量。這樣還敢說難、說辛苦的話，可能會遭老天爺懲罰。

相較之下，隨筆對我來說，既不是我的本業，也不是我的興趣，因此有點難以掌握該對誰以什麼立場來寫才好。那麼，該寫什麼才好？有時不免傷腦筋地抱臂沉思。

話雖這麼說，寫隨筆時並不是沒有所謂原則、方針。首先第一點是，具體上不寫別人的壞話（不想再添麻煩的種子）。第二點，盡量不寫藉口或自豪的事

（會對什麼自豪，要下定義也相當複雜）。第三點，避免談觸及時事的話題（當然我也有個人的意見，不過要寫出來就會變得說來話長了）。

不過若要符合這三個條件來寫連載隨筆的話，結果話題就相當有限了。換句話說會無限接近「隨便都可以的話題」。以我個人來說還滿喜歡「隨便都可以的話題」，所以這倒沒關係，但有時會聽到世間指責「你的隨筆什麼訊息都沒有。軟趴趴的，沒有思想性，太浪費紙」之類的批評，被這麼一說，我想「眞是這樣」，也會反省。關於小說，無論被如何批評我都會想開「哼，管他的」，但對隨筆卻沒辦法這麼厚臉皮。

所以我很少寫連載隨筆，但偶爾會有「差不多來連續寫寫隨筆也好」這種不顧一切的心情，於是就這樣每星期一點一點地寫著這種隨便都可以的事。就算你覺得無聊，也請別太生氣，隨便看過去就算了。村上也以村上的方式在拚命做著。

從前美國西部的酒吧大多有專屬鋼琴師，彈著開朗無邪的跳舞用音樂。據說那鋼琴上會貼著「請不要射擊鋼琴師。他也是在搏命演奏」的貼紙。我也很瞭解那種心情。喝得爛醉的牛仔火大起來「眞差勁的鋼琴師，笨蛋！」砰一下就開槍了。來這麼一下，鋼琴師也受不了。

你，沒帶槍吧。

本周的村上　在千葉縣看到名叫「Good Luck」的賓館。加油吧。

無醫師國界團

我向來喜歡無意義的文字遊戲，或想到有點無聊的東西就把那化為文章，一有時間就常常這樣做。

例如看到報紙上有「無國界醫師團」的標題時，腦子裡就會浮現「無醫師國界團」的文字，想寫寫看這種事。所謂無醫師國界團，到底是什麼樣的團體？缺乏醫師的那些國界在什麼地方想著什麼，計畫做甚麼？實際面對書桌開始寫起來，但因為內容實在太荒謬了，而且可能有人會生氣地說「取笑認眞參與活動的人，太不謹慎」，因此中途作罷。

小林多喜二的《蟹工船》近年來造成話題。古典作品重新受到重視是一件好事。不過我想與其以受虐者的觀點來看世界，不如乾脆以螃蟹的觀點來寫《蟹工船》。當然勞動階級很可憐，不過被做成罐頭的螃蟹不是更可憐嗎？但要以螃蟹的眼光來看世界相當困難，所以結果並沒有寫。思想性也是零。

童謠〈媽媽我幫您搥背〉中有一段「鮮紅的罌粟笑了」。我小時候一直想。罌粟是怎麼笑的？是發出聲音笑？或什麼也不說地微笑？有一次，我想來寫在庭園一角笑著的罌粟的故事。那次真的確實寫到最後，也收錄在印出來的書中。但還沒有一個人說「很有趣」。

現在舉的例子都是**說著玩**的，不過我也曾經以同樣的做法寫過正經小說。第一次寫的兩篇短篇小說〈開往中國的慢船〉和〈貧窮叔母的故事〉都先有標題。後來，才思考如果以這樣的標題寫短篇小說，會成爲什麼樣的故事。

一般來說順序可能顛倒。先有故事，事後才加上標題。我的情況卻不是這樣，而是先做出框框。然後才想「嗯，這個形狀的框框到底會有什麼東西進去？」

如果要問爲什麼這樣做，因爲我的情況，當時並沒有想寫的事情。雖然想寫小說，但還想不到要寫什麼。也還缺乏人生經驗。所以先取標題，再從什麼地方拉進適合這個標題的事情。換句話說是有像從「語言遊戲」開始寫小說的地方。

可能有人會說這樣做在文學上不夠愼重。不過這樣做總之在寫著之間自然會逐漸看清「自己眞正想寫的事」。透過所謂寫的作業，以往一直不具體的無形東西會逐漸具體成形。當然像《蟹工船》式擁有「從一開始就非寫這個不可」的使命感也很重要，不過這種自然的方式也和使命感同樣，對文學可能也很重要，嗯，我暗自這樣想。那麼下周再見。

本周的村上　托馬斯・曼和卡爾・榮格兩人同年。那又怎樣？請別這麼說。

飯店的金魚

在外國住飯店時，他們會送水果和花到房間。如果是經常固定住的飯店，還會大方地送整瓶葡萄酒。有一次我正要打開那送禮的紅葡萄酒時，手一打滑瓶裡的紅酒便整個溢出來，給飯店添麻煩。人家好意送禮卻碰到這麼糟糕的事，飯店一定也很受不了。那家飯店電腦的顧客資訊可能會註明「絕對不要給村上紅葡萄酒」的注意事項。

幾年前，我在西雅圖住某一家飯店。住進房間之後，服務生捧著圓形玻璃缽走進來，放在窗邊的桌上。他什麼也沒說，只是微微笑著走出去。缽裡有一隻金魚在游著。到處可以見到的非常普通的小金魚。

當時我只覺得很不可思議「好奇怪的飯店。居然送金魚到房間來」。不過還是發現，自己坐在窗邊椅子上沒什麼事做，半無心狀態地盯著金魚看的姿態。金魚這東西，仔細觀察時雖然並不特別有趣，但碰巧就在那裡時，卻會認眞去看。

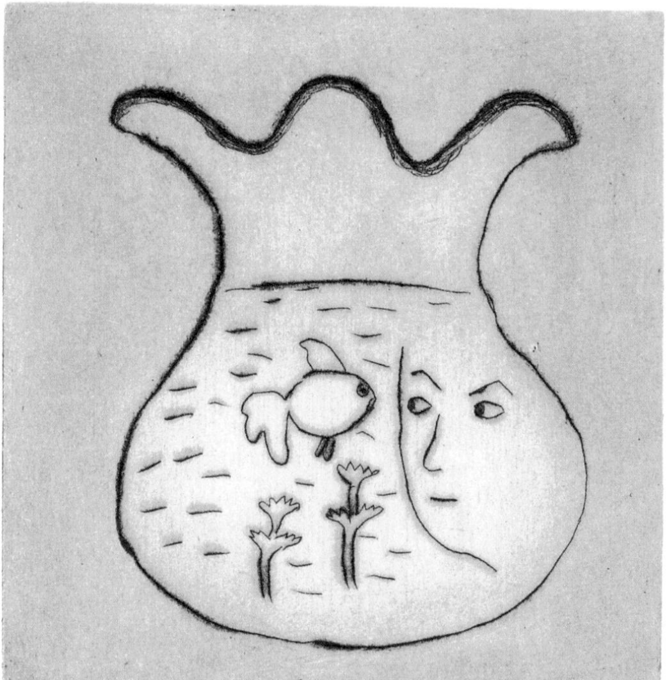

不過在外國陌生飯店的一個房間，沒什麼用意地看著金魚，倒也不壞。房間一角，似乎產生了日常和非日常像馬賽克混在一起般的特別空間。外面正安靜下著異國的雨，白色海鷗成群在雨中飛翔。而我並沒有多想什麼，只是恍惚地眼睛追逐著金魚的游動。

這種有創意又不刻意的服務，意外地能長留在心中。話雖這麼說，那飯店的名字卻怎麼也想不起來。嗯，靠近港邊，附近有一家餐廳牡蠣相當美味……。

我想家裡來養金魚也不錯，於是在網路上查了一下「金魚飼養法」，不過卻沒有想像的容易。換水方法、餵餌方法、水溫管理，和許多注意事項。金魚會得的病也有「白點病」、「腐爛病」、「開洞病」、「水黴病」、「松笠病」、「鰓病」等，這些都不得不去處置。這當然要比飼養雌雄成對的鴕鳥要簡單多了，不過因爲我常常旅行，就算在家時也常陷入半恍惚狀態，實在無法對生物負起完全的照顧責任，因此結果便放棄了自己養金魚的念頭。

不用說，旅行的優點是可以暫時離開平常的生活。也不需要負起日常瑣碎的責任。在西雅圖雨天的午後，我和那隻小金魚間所擁有的親密的——至少對我來說是感覺親密的——關係，可能是只有當時、當場才能擁有的。

那個歸那個，在午後的酒吧邊吃著「熊本」牡蠣邊喝的冰涼Chablis夏布利酒，眞是太棒了。

本周的村上　不會寫打招呼的漢字「挨拶」。從20年前就想記住，到現在還不行。

憤怒管理

您是不是容易生氣的類型？

我年輕時候，也屬於動不動就冒火的個性。但發現不少是因爲過早誤判或誤會事實，而引起生氣的情況後，會想「生氣之前應該更小心才好」。不要爲了什麼事一下光火起來，當場就付諸行動，先喘一口氣，看清楚前後狀況，弄清楚「這樣的話應該可以生氣」後才生氣。也就是所謂「anger management」憤怒管理。

實際做起來就知道，無論什麼樣的憤怒，只要時間稍微過去之後，活生生的感情大多都會降低調子。從憤怒轉爲「悲哀」或「遺憾」的地步，而塵埃落定。然後心想「唉，算了。沒辦法啊」。（偶爾）也會想到「試想起來，或許我也有一點不對」。因此人生的糾紛也應該減少不少。絕不會有吵架之類的事。相對的對少數能再確認「這個生氣也是當然的」例子，則會冷靜地一直繼續生氣。

以前，有一位美國電影導演說，想把瑞蒙．卡佛的小說原作拍成電影，但籌不到本國資金。順便問我他要在日本找出資者，能不能幫他擔任翻譯。現在想起來眞是難以相信，當時日本正處於泡沫經濟的頂點，到處都有剩餘的金錢。

我這方面不瞭解情況，雖然對我並沒有什麼得失，但卡佛在那不久前才剛剛英年早逝，所以我也想爲他做點什麼，因此便也向周圍的人傳播這個消息。於是，有一位企業界的有力人士說對那企畫感興趣，想進一步聽詳細情形。這是大家都知道、擁有大規模零售店的企業，以致力於文化事業聞名。

決定見面詳談，對方指定了會面地點。是一家高級料理店。我一邊不解「爲什麼不在公司會議室談」一邊去看看，副社長和像祕書的人出現，從上座神氣地教訓我「村上先生，您可能不清楚，本來拍電影這種事啊」之類的話，大吃大喝一頓後回去了。從此沒有回音。卻寄來一張令人大吃一驚的料理店請款單。電影的事就那樣一筆勾銷。不行就不行也沒辦法。錢的事就罷了。但結果怎麼樣總該告訴人家吧。

我一時也不明白是怎麼回事，只是非常驚訝，過一陣子才想到，這是明目張膽的混吃一頓吧。而且「原來如此，這種沒水準的傢伙竟然滿口文化、文化的神氣嘴臉。難道日本已經變成遍地黃金的無情國度了嗎？」不禁火冒三丈起來。而且覺得對故人的心意被踐踏了般，眞不是滋味。從此以後我再也不走進這家企業的任何店了。

就這樣，二十年來依然繼續生氣，很固執嗎？

本周的村上　「文字處理機」簡化成「word-pro」、「迷你裙」簡化成「mini-sk」，爲什麼「背高泡立草」（譯註：菊科多年生草，別名秋麒麟草）卻一點都不簡化呢？

凱撒沙拉

今天的午餐，就以蕎麥麵打發算了，有時會這樣想。雖然不覺得餓，卻想吃點什麼塡一下肚子的情況。但住在外國時，卻沒辦法這樣。除了特別的都市之外，並沒有什麼蕎麥麵店，也沒有相當於蕎麥麵般的食物。

這樣的時候，我常常會點凱撒沙拉。美國的餐廳大體菜單上，在輕便的主菜類都會有凱撒沙拉，吃了這個後，大體上會獲得吃過蕎麥麵相等的「攝取感」。當然味道和蕎麥麵相當不同。

凱撒沙拉，很多人可能會以爲是從羅馬皇帝凱撒大帝的名字來的，其實不是，而是從1920年代在美墨邊境提娃那（Tijuana）開餐廳的義大利裔美國人凱撒．卡帝尼（Caesar Cardini）的名字來的。他在一個偶然的情況下，即席創作出凱撒沙拉這道菜的食譜，已經成爲固定說法。畢竟是將近百年前的往事了，

我也沒有親眼看過，因此無法確定，不過是這家店首先把「凱撒沙拉」這道菜放在菜單上，得到當地人的歡迎，似乎沒錯。

以最喜歡凱撒沙拉的人來說很遺憾，不過在日本吃凱撒沙拉卻不太有覺得「嗯，味道好」的情況。我推測這可能是正式的材料，沒有採用正式分量的關係。越是簡單的料理，調理方法的嚴密就更重要。

首先最重要的，是這沙拉必須用處女般水嫩新鮮的romaine lettuce蘿蔓萵苣。也有用普通結球萵苣代用的，不過這就不提了。如果用sunny lettuce（譯註：日本獨自製造的和製英語，指葉梢略微變紅的萵苣）的那天實在眞難過。配料只有炸麵包丁、蛋黃和帕瑪森乳酪而已。調味採用高品質橄欖油、蒜末、鹽、胡椒、榨檸檬汁、伍斯特醬、葡萄酒醋。這是正統食譜。怎麼樣？還滿清淡的吧。

爲了想吃量稍微多一點的東西的人設想，很多餐廳也設計了在這裡加上金槍魚或雞肉的生菜菜單。在日本這或許就變成像「炸蝦蕎麥麵」的感覺了。

到正統餐廳去時，廚師會到餐桌來，實際在眼前把現有食材三兩下快速調配進去。眞是令人眼睛一亮。哈佛大學正門附近的某餐廳，菜單上就有所謂「解構凱撒沙拉」。也就是說會把各種食材拿出來，接下來就只有「請自己隨意組合了」，不過命名很有學問喔。可以說是地方色彩吧，眞不簡單。

夏日午後，邊喝冰茶，邊吃爽脆鮮嫩的凱撒沙拉，是人生最大的享受之一，雖然還不至於這樣說，不過確實很窩心。

本周的村上　我想到「三時、四時可行，一時停止」的交通標語，很無聊吧。

所謂meat goodbye

去年，我打回力球消除贅肉。爲了接一個眼看快掉在正面牆前的球，快衝過去，結果感覺球咚地打在小腿肚上，心想「奇怪，球明明在前面」時已經太遲。因此整個夏天都不能好好運動就結束了。

據說原來日本職棒巨人隊的監督（教練）長嶋茂雄把消除贅肉稱爲「meat goodbye」。眞的嗎？再怎麼說，也不至於這樣吧……雖然這麼想，但說不定是眞的。就算不是，也沒關係。我們大家都需要某種活的寄託般，積極向上的神話。

長嶋茂雄還有其他幾種名言。我不管在任何意義上都不能稱爲巨人隊的球迷，因此並沒有特別偏愛長嶋先生，不過對他某些性格的突出主張，並不唱反調。

例如他在擔任監督時代接受採訪時說「我信賴選手，但不信任他們」。當時

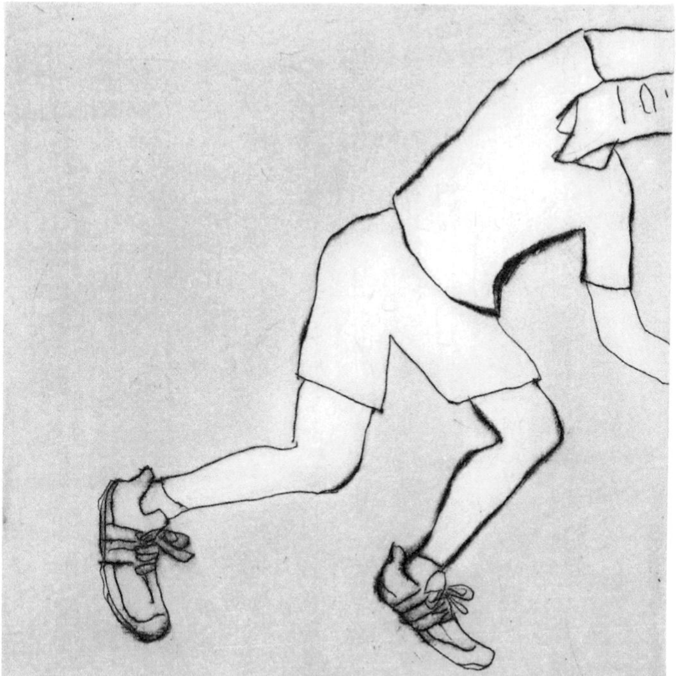

還想「又在說什麼莫名其妙的話了」，不過時間過去後，自己也站在那樣的立場時，才能眞正領悟到話中的含意。基本上必須信賴周圍的人，否則事情無法向前推動，但話雖這麼說，太信任的話，有時對彼此不見得好。眞是這樣。「信賴但不能信任」，是一句名言。

約翰·厄文的小說《寡居的一年》中，出現了兒童文學作家泰德·科爾。他把本業擺在一邊卻沉迷於打回力球，把位於長島的自家倉庫改造成回力球場。只是天花板比一般球場低，因爲是自己改造的因此牆壁也有某種微妙的癖性。他這種活用「私家球場」有利點的技能中，幾乎誰也對付不了。女兒露絲（這本小說的女主角）從小就努力練習要如何打敗父親……。

以日本的住宅情況來說，當然不可能在自己家建一座回力球場。不用說。我家也沒有。不過我只是忽然想到，擁有自己的回力球場或許並不是只有快樂而已。半夜醒來再也睡不著，那樣的時候想到無人的漆黑回力球場就悄悄坐落在身邊時，那孤獨感想必會緊緊糾在心頭。也許就那樣失眠到天亮。這《寡居的一年》的故事，也以這種寂寥感當核心主題。

信賴人卻無法完全信任人的人生，說來有時也很孤獨。那種微妙的縫隙、乖離般的東西有時會帶來疼痛，讓我們夜晚無法入睡。不過如果想成「沒問題，這只不過是消除贅肉meat goodbye而已」，或許就能開朗地忍受了。

本周的村上　你搭過救護車嗎？我搭過四次。在美國搭時付費滿貴的。

奧林匹克很無聊嗎？

對世間的問題，通常我不會強烈主張自己的意見，不過當然我也有幾個個人的意見。雖然好像很任性。

例如奧林匹克的舉行地點，我就主張應該固定在發祥地的雅典。每次每次，都為了決定在哪裡舉行而大鬧一番，讓廣告公司賺走幾億圓，怎麼想都很愚蠢。甚至時常傳出賄賂的醜聞。事關主辦國威信的開幕典禮華麗儀式，也愚蠢得令人厭煩。那些都不需要。

所以就像全國高中棒球大賽在甲子園舉行那樣，應該定下奧林匹克在發祥地雅典舉行。那樣的話就不必浪費鉅額在土木工程上。世界的空氣也不會被汙染。開幕典禮、閉幕典禮都規定要像高中棒球賽那樣簡單樸素。不是很好嗎？

＊

2000年我在雪梨停留了四星期左右，採訪奧林匹克運動會。老實說，

我本來不太喜歡奧林匹克。除了馬拉松之外，我覺得大多都是很無聊的活動，也沒有認眞去觀戰過。不過出版社邀我要不要去採訪奧林匹克寫出紀錄，我想去澳洲看看也不錯，於是答應下來。

但從結果來說，奧林匹克到現場去認眞觀賽，比想像中有趣多了。哦，原來奧林匹克這麼有意思啊？這才茅塞頓開。

但回到日本，重新看電視錄影的活動時，又實在眞無聊。爲什麼呢？因爲只轉播有日本選手出場的競賽。而且媒體觀點都集中在「日本有沒有得獎牌」這一點上，鏡頭焦點也轉到那上面。

我在當地日本選手出場的比賽當然看了，但也跑去看了很多和日本無關的比賽。例如德國和巴基斯坦的曲棍球比賽之類的。這種比賽，只要人在那裡看著，就很有趣。因爲不牽涉到利害關係而可以純粹享受比賽的動向，爲那動作之俐落眞心感動。眞正感覺到世界上有各種人，無論強弱都在拚著命流汗努力奮鬥。得到幾面獎牌，和國家和國民的品質沒有任何關係。我深深這樣感覺。

實際上奧林匹克有這種活生生的血流過的溫暖氣氛。就像不可思議的「現場力量」般。然而電視畫面上，那幾乎傳不過來。不知在什麼地方消失了。日之丸國旗有沒有飄起，訊息只有繞著這個繼續前進，播音員高聲喊叫，甚至製造出類似強大輿論般的東西。這對選手們來說，和對我自己來說，難道不是不幸的事嗎？

和奧林匹克無關，雪梨的餐飲和葡萄酒的水準比我想像的要高得多。希望下次還有機會再去慢慢走一趟。

本周的村上　印度每次參加奧林匹克，平均只得一面獎牌。不過似乎誰也沒有特別爲這個而煩惱的樣子。有嗎？

右或左

襪子有分左右形狀不同的，你知道嗎？我到最近才知道。不過因爲非常貼腳，穿起來相當舒服，因此現在日常也愛用著。只是半夜醒來，在黑暗中要穿時，會麻煩。亮的時候倒沒問題。

我在某一本書上讀到，鞋子的形狀左右不同成爲固定習慣，算是近年的事。雖說近年並不是二十年或三十年，而是幾世紀前的事。在那之前，平民似乎大多穿著左右不分，形狀相同的鞋子。以現在的感覺來看，會覺得很奇怪，不過從旅館拖鞋也一樣來想時，也覺得，嗯就是這麼回事吧。

羅馬的第一位皇帝奧古斯都的右腳正要穿進左邊鞋子時，差一點被部下的士兵們殺掉。據說歐洲自古以來就有左右邊鞋子穿錯會招來災厄的迷信。但如果這樣就要一一被殺的話，像我這種人有幾條命都不夠用。

所謂左和右這東西眞不可思議，我穿襪子時每次都從左邊開始穿，穿鞋子時

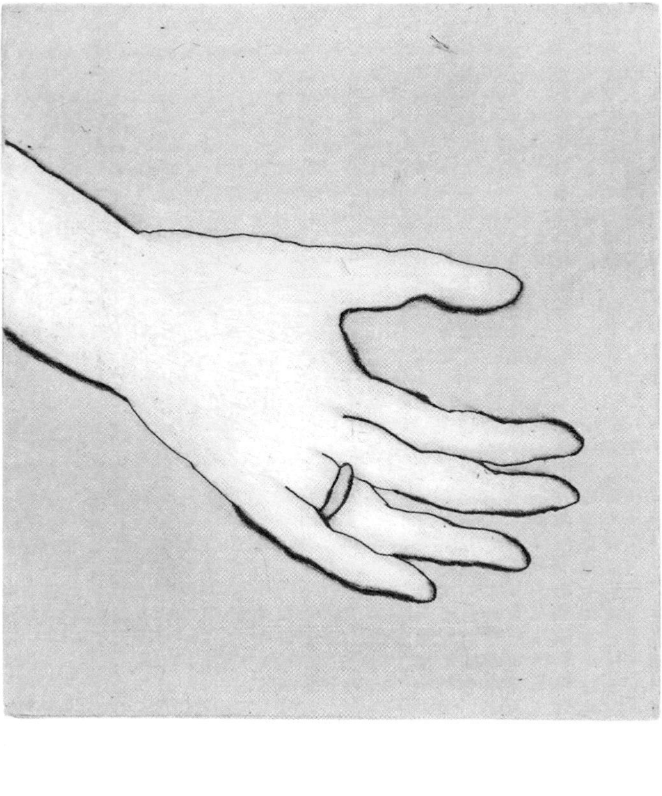

卻從右邊開始穿。穿長褲時從右邊穿。不知道爲什麼，但從以前就這樣。要反過來做時，會覺得相當不對勁。

跟女人同床睡覺時，右邊或左邊，都沒關係。世上好像有很多人說「不是這邊的話，會不安得睡不著」，我卻不會這樣。雖然會選女人對象（當然），但不選邊。

我是右撇子，因此不太能眞正體會左撇子的人日常生活中所感到的不方便。不過偶爾右手受傷，或拿著東西，只能用左手做什麼時，倒有感覺不太靈光的經驗。例如在車站要用卡片通過收票口時就相當辛苦。身體不得不扭一下轉過來。這個世界是爲右撇子設計的，因此左撇子的人一定常常覺得「哼，眞是的！」

這也是從書上看來的，不是親眼看到的，第二次世界大戰開戰時日本的指導官東條英機，在戰爭結束時企圖用手槍自殺。請鄰居的醫師教他心臟的正確位置，還周到地爲他用墨畫上記號，他下定決心「嘿！」扣了手槍的扳機。然而他這個人卻是左撇子。所以一定用左手拿槍，用那個射擊自己左胸的心臟。這實際試做看看就知道，並不是那麼簡單的事。角度很不自然，手指的力量不聽自己使喚。

總之東條先生自殺失敗，被占領軍逮捕，接受美國士兵的血液輸血救回一命，後來受到審判被處絞刑。這麼回事。如果真是這樣，就不是「哼，真是的！」而已了。左撇子的人好像要活下去（不只這樣，連要死），都相當辛苦的樣子。加油啊！

本周的村上　在美國書店站著讀書時，美國電視連續劇《LOST檔案》的薩伊德就在旁邊。所以呢？別問我。

慢跑路程的極致

美國奧勒岡州尤金市市郊有一條慢跑的終極路程。運動器材廠商NIKE總公司就設在這裡，廣大的園區內設有那特別的路程。除了NIKE公司的職員以外別人無法在那裡跑步。

路程一周長度是三公里左右，邊聽鳥叫聲邊穿過美麗的森林，在和緩的山丘上上下下，路面全面鋪滿柔軟的鋸屑。因此無論跑多久腳都不會痛。有這樣的事。

眞的嗎？我半信半疑地聽著。像那樣夢境般的跑道，在這充滿矛盾、悲哀、暴力和異常氣候的世界，現實上眞的存在嗎？如果是眞的，我也想自己親腳跑跑看，一次就好。

幾年前我爲某航空公司的機內雜誌，試寫了「據說在尤金市的NIKE總公司裡有如此這般傳說中的慢跑跑道，如果可能眞想去跑跑看」。編輯詢問過NIKE

的公關之後，竟然得到「好啊。歡迎來盡情跑」的答覆。哇！光爲這個就值得去一趟奧勒岡了。

我懷著滿心期待去到尤金的NIKE總公司，忽然發現，我帶去的怎麼竟然是New Balance的運動衣和鞋子。這副模樣跑在NIKE總公司的跑道上，怎麼說都太糟糕了。而且人家還打算拍我跑步的照片。

我大體上生性健忘而粗心，但這卻怎麼說都太過分了。笨蛋。眞傷腦筋，正想怎麼辦才好，負責廣告宣傳的女性一臉「眞是的，怎麼搞的」的神情（表面上還是笑嘻嘻的），說「沒關係。我們會提供本公司的運動服和鞋子，請穿那個跑」。

就這樣，不但讓我在特製跑道上盡情跑步，還送我美麗的運動服和鞋子。謝謝，NIKE。非常感謝。

實際試跑起來，和傳說的沒有兩樣，眞是沒得挑剔的完善慢跑小徑。如果附近就有這種跑道，每天都能自由使用的話，人生不知道會變得多麼心滿意足。距離、坡度和彎度都很理想，在美麗的大自然懷抱中，空氣也很新鮮。中途還設有400公尺跑道，可以在那裡做計時練習。

除了那尤金市的跑道之外，我最喜歡的慢跑道，是沿著京都鴨川的道路。每次去京都，我都會在大清早的時間在那裡跑。從固定投宿的御池一帶開始，跑到上賀茂再往回跑。那樣大約10公里。在那之間所跑過的許多橋的名字我全都記得。

某女校晨間練跑的女子隊員們，擦身而過時會大聲向我招呼「早安」。那樣的時候，我想人生和世界都還不太壞。

本周的村上　從前有一個名叫「Donosama Kings」的搞笑樂團。不知道是誰想到的，不過名字非常好。

沒必要做夢

大約十年前，我跟心理治療師——也是當時的文化廳長官——河合隼雄先生吃飯談到夢的事，我說「我幾乎都不會做夢」，河合先生照例笑咪咪地說「哈哈，應該是這樣吧。村上先生沒有必要做夢啊」。

爲什麼我沒有必要做夢呢？我想知道那理由，不過以話鋒的趨向就那樣不了了之了。下次見面時，一定要問他這件事，就在想著之間，河合先生就生病後去世了。或許我們必須一直想著人與人的相遇往往沒有「下次」，而繼續活下去。

河合先生是我過去所遇到的人中，讓我感覺「眞正有深度」的少數人之一。我確實希望他能活得更長壽。

＊

有人經常做鮮明的夢。雖然是很長的夢，卻能從頭到尾記得一清二楚，情節都能說得出來。我就沒辦法辦到。一覺醒來，就算覺得「好像做了什麼夢」，但

那種感觸卻只模模糊糊，完全想不起什麼內容。

我想是火野葦平的短篇小說吧，家人在早餐桌上，每個人分別說出昨天晚上做過夢的內容。因爲是以前讀的，想不太起是什麼樣的情節，不過我記得那時候很佩服「全家人都能那麼詳細地記得夢眞不簡單」。或許這種能力，是從日常互相談到夢的練習而增進的。或許某種程度血統也有關係。

我非常稀有地偶爾做的夢，能連情節的細節都鮮明地回想起來，不知怎麼多半和吃有關。而且毫無例外都是非常奇怪的食物。舉例來說：

1 炸毛毛蟲。肥肥胖胖的新鮮毛毛蟲裹上麵粉糊，刷一下炸起來。如果內容不是毛毛蟲的話，看來會很美味。

2 烤白蛇的派。把白蛇的肉蒸熟，包在脆脆的派皮裡烘烤。這以料理本身來說像是精心製作的。

3 熊貓蓋飯。迷你型熊貓排在飯上，然後再澆上醬汁。這只覺得可怕而已。

這三種料理，形狀、模樣和顏色，到現在都記得清清楚楚。眼前甚至浮現稍微冒著熱氣的模樣。夢中那些料理送到我眼前，被迫處在非吃不可的緊迫狀態。實際上會不會吃，不清楚。不過自己正一邊感覺「好討厭」，一邊正伸手要去拿那盤子或大碗。

爲什麼會重複做這麼可怕的料理的夢？如果能聯絡上河合先生，他或許可以告訴我……。

本周的村上　犰狳砂鍋，好像也很可怕喔。眞不想做夢。不去想了。

不會寫信

「這封信，不得不寫回信」一直牽掛著，卻繼續拖延下去，結果，變成不通人情、不懂禮貌的不妙情況。你沒有這種經驗嗎？我倒經常有。

當然因爲是以寫文章爲業的人，所以絕對不是不擅長寫信。一旦決定寫，不太辛苦很快就能寫出來。但卻很難提起勁來「好了，來寫信吧」。在想著「嗯，明天再說」之間，三天過去，一星期過去，一個月過去了。這樣一來，幾乎永遠也寫不出回信。

讀過這篇文章的人之中，可能也有人曾經寫信給我，卻沒收到回信。或寄了禮物卻沒收到感謝狀。心想「村上眞是個失禮又傲慢的人」。很抱歉。我借這個地方道歉。雖然沒有惡意，但不知道爲什麼無法寫回信。就當成後山的猴子般，原諒我吧。下次我會採些橡樹子帶來喔。

不只是信，日記也不會寫。像「去了什麼地方」「見了誰」「吃了什麼」之類

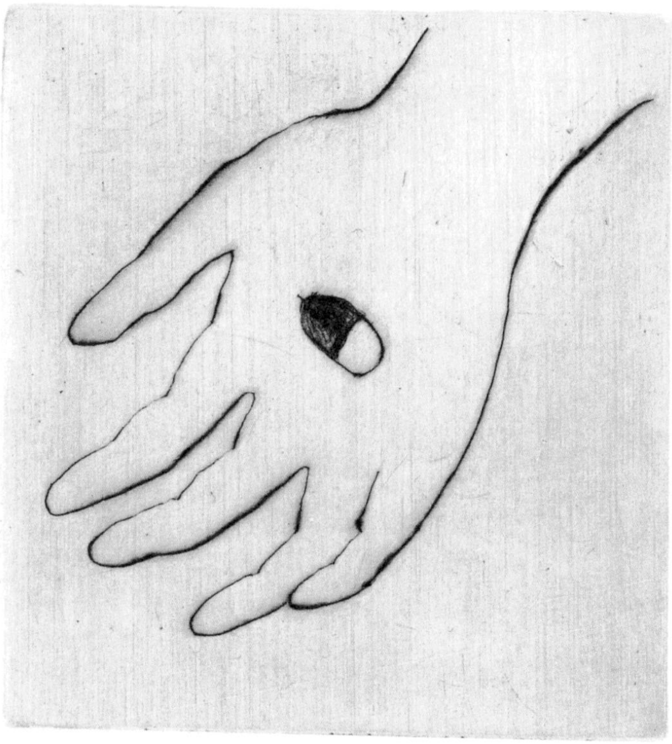

簡短筆記會記在手冊上，但正式日記，至少主動的，這輩子從來沒寫過。

不管去問任何地方的神都知道，我對工作是很勤快努力的人，截稿時間絕對不拖延。只會提早完成稿子。但說到信卻會忽然退縮逃避。爲什麼？因爲沒有稿費嗎？不，沒這回事。就算沒人邀稿，有興趣的題目浮上腦海，我也會沙沙地寫成文章。放進書桌抽屜裡，有時就那樣忘掉了。但，啊，信卻寫不出來。

作家中有人寫了大量的信，或詳細的日記，死後被公開出來。而且眞是以端正、流麗的文章寫的。我看到這種文章時只有誠懇地佩服「眞了不起」。我無論如何都辦不到。

那樣的作家們，有人聲稱爲邀稿而寫很痛苦，於是像螃蟹橫走般，一直拖拖拉拉逃往個人信件和日記的記述上。或許也有這種情況。我卻完全相反，反而有爲逃避回信，而拖拖拉拉寫稿子的情況。雖然因此工作能有進展，但回信卻往後延了。

現在桌上也堆積著五封非回不可的信。電腦上也累積了五封左右期待回信的

mail。但我背轉眼睛，像要確保不在場證據般，寫著這並不緊急的隨筆稿。眞傷腦筋。怎麼回事？

算了，明天再想。

本周的村上　每次聽到「訂婚毀約」時，腦子裡每次都會浮現蒟蒻，很無聊吧。

辦公室時間

我曾經在波士頓郊外的Tufts塔夫斯大學，開過一堂日本文學的課。美國大學裡大約每周有一次稱爲「辦公室時間」，在這時間裡學生可以去拜訪老師，輕鬆暢談。擁有各種國籍的各種學生，在這辦公室時間會到我的辦公室來，一邊喝喝咖啡，吃吃甜甜圈，一邊隨便閒聊。

有一天一位女同學來說「請讀讀看我寫的短篇小說」，我說「好」就讀讀看。如果是平常我是不會做這種麻煩事的，不過因爲是辦公室時間，所以大多的事我也不得不爽快答應。當然是用英語寫的，既不算很長，也不是用像詹姆斯．喬伊斯那樣精緻的文體寫的，因此可以簡單讀出來。她是以creative writing創作課的作業所寫的。

作品整體上雖然不算寫得很好，不過可以找出幾個優秀的部分，說明的部分運筆比較冗長，其他地方則相當生動。這種作品容易批評。可以說「這裡寫得不

錯，這裡不好。所以只要這裡這樣改寫就行了」。如果整體上很平均「還馬馬虎虎」的話，就傷腦筋了。因爲很難建議。

我這樣批評時，她感到很爲難。「可是，村上先生，我班上的老師卻說了完全相反的話。」

換句話說那位女老師，對她的作品，我讚美的地方她批評，我批評的地方她讚美。被這麼一說我也傷腦筋。我不方便批評她的指導老師。所以就適度把話題結束，把場面帶過。後來不知道怎麼樣。

我在這裡想說的是，創作這東西就是這種程度的東西，這回事。這雖然是相當極端的例子，不過什麼是好什麼是不好，因情況因對象而截然不同。本來就沒有什麼確實的價值標準。換句話說看你跟的老師是誰，小說的寫法就會完全不同。很可怕吧。

不過實際上可能也沒那麼可怕。因爲說起來人終究只能穿適合自己身材的衣服。不合身的東西要你勉強穿，不久也會自然脫落。所以不合適的東西要勉強推給你，或許可以稱爲一種優良的教育。不過我覺得爲了這個而必須付出高額學費，卻很吃不消。

有時我會想，再來做像辦公室時間的事或許也不錯。晚秋的下午，坐在狹小的大學辦公室，邊用紙杯喝著淡咖啡，邊等誰來找我談什麼。這種事偶爾來一下也不錯。

不過也許我很任性，請盡量別帶自己寫的小說來喔。

本周的村上　Dunkin' Donuts甜甜圈從日本撤退已經過了漫長歲月了。這是國家的悲劇。

不思考的小矮人

除非必要，我不重讀自己寫的書。也不會去買。要問爲什麼？因爲很羞恥。就像不想看臉拍得怪怪的駕照照片那樣（爲什麼駕照的照片會拍得這麼怪？）所以自己寫了什麼，就像從手指間滑落的砂子般逐漸遺忘。

那也沒關係，不過因爲想不起寫過什麼，有時同樣的事會寫兩次。並不是故意要炒作舊題材，只是記性不好而已。所以就算被人說「那個，以前讀過了」，也請當後山的猴子那樣（這以前也寫過喔）笑著饒了我吧。

就這樣，這件事也可能寫過。不過完全不記得是什麼時候在哪裡寫的，因此就當第一次來寫。

我不太喜歡吃甜的東西，幾乎不吃甜點類，也不會自己去買巧克力。不過不知道爲什麼，一年有兩次左右會被「不管怎麼樣，現在馬上想吃巧克力」的強烈

慾望所襲。那會在某一天突然，沒有任何預告，就像雪崩般暴力性地向我襲來。

爲什麼會發生這種事，我不清楚。或許我體內有喜歡巧克力的性急小矮人躲藏著，平常總是躲在某個黑暗角落沉沉睡著，但由於某種原因忽然醒來，「喂，巧克力、巧克力。哪裡有巧克力？混蛋。我無論如何現在一定要，立刻吃一大堆巧克力。這傢伙。趕快給我拿巧克力來」。可能大喊大叫，鬧翻天也不一定。可能用力踐踏地板、咚咚敲著牆壁也不一定。我體內有這種感觸。

這麼一來，我二話不說不得不跑到附近的便利店去。在那裡買巧克力（而且大概經常都買Glico的杏仁巧克力，並沒有特別的理由），不得不安撫小矮人的憤怒。我一面走在路上一面用令人焦急的手撕開包裝，簡直像暴風雨夜飢餓的惡鬼般，狼吞虎嚥地把一盒巧克力吃光。

完成這一連串的儀式之後，小矮人滿足了，不再鬧了，再度鑽進棉被裡呼呼入睡。這種巧克力的發作（類似）一年會有兩次左右。下次什麼時候那性急的小矮人還會醒來，只有神知道。

幾年前，那居然發生在二月十二日。也就是情人節的前兩天。眞是的，饒了我吧！再過兩天要吃多少巧克力都行的，爲什麼偏偏要挑這時候，我嘀嘀咕咕……嘆氣也沒用。就像平常那樣跑去便利店，買了Glico的杏仁巧克力，一塊一塊貪婪地吃起來。小矮人照例因此就心滿意足又睡著了，兩天後完全不再想吃什麼巧克力。

因爲小矮人眞的很不會想。

本周的村上　回送白色巧克力的日子我從來沒有回送過，會受到報應嗎？

啊黑暗，我的老友

每個人活著，都擁有幾個小小的「自說自話」。你應該也有，我當然也有。以我來說，那說法的根據範圍比較小，或相當有限，因此可能很難得到世間廣大的認同。

例如有或沒有聽過Marvin Gaye & Tammi Terrell馬文．蓋與黛咪．泰瑞爾的〈Your Precious Love〉寂寞部分的人，對愛的感動的認識鮮度，應該會有一小撮差別，我一直——大約四十年來——都這樣確信，但我這樣說可能沒有人會說「是啊，說得好」而爲我感到高興。

這也是以前的事，地下鐵的銀座線車廂，以前在剛要進站停車前，電燈一定會啪一下熄滅。而乘客會被留在漆黑的黑暗中一秒鐘左右。不知道什麼時候設備改善了（可能），這種事情也不再有了，我不知怎麼很喜歡那個。每次變漆黑時，就會一個人擅自首肯地察覺「對了，人在到達目的地之前，經常會有深沉的

黑暗來訪」，口中念著〈Your Precious Love〉開頭的一節，Hello darkness, my old friend。

在這層意義上，最近搭銀座線不太有樂趣了。當然人們並不是爲了取樂於我，供我察覺而讓電車奔馳的，所以也沒辦法。不過有搭過舊式銀座線車廂的人和沒有的人，我想對人生暗轉的覺悟程度會有一小撮半的不同。那也是我的自說自話之一。

我在希臘的米克諾斯島過冬時，停電是家常便飯的事。在相鄰的島上發電的電力經過海底電纜送過來，因此途中經常出狀況，電忽然就停。在餐廳吃晚餐時，沒有任何前兆，漆黑的黑暗就降臨。什麼都看不見。只能聽見遠方海浪的聲音。終於服務生以熟練的手勢拿著蠟燭前來，我們才在那微弱的燭光下，安靜地繼續用餐。那樣也有那樣還算不錯的氣氛。

不限於米克諾斯島，在東京也有過幾次，和女孩子用餐中發生停電的事。我在餐廳和女孩子面對面用餐時，不知道爲什麼電燈總會經常熄滅。或許我是生在那樣的星座下的。（是什麼星座呢？）

那樣的時候，我不管怎麼樣就會想隔著桌子伸出手，疊在對方的手上。不，並不是有什麼居心，我只是不由得會想，在停電的餐廳伸出手輕輕放在隔桌前面的女孩子手上，似乎是世界上最合理、最自然而符合禮節的行爲之一。就像爲女孩子開門，撐著門一樣。不過我自己的這種說法是否能得到對方的正當理解？就在思索猶豫之間燈一下又亮起來，一切又恢復無聊的平常狀態。

不過試想起來，最近銀座線還是很無聊喔。

本周的村上　在黑暗中吃火鍋據說很難喔。尤其是蒟蒻粉絲之類的。

過了三十歲的傢伙們

我大學時候，經常有人對我說「別相信三十歲以上的那些傢伙」。Don't trust over thirty，別相信大人，的意思。不過爲什麼能當眞地說出這種像要詛咒自己般的話？自己有一天也會長到三十歲。不過我三十歲時開玩笑地說「別相信四十歲以上的人」。然後到了四十歲……沒完沒了就罷了。

我想我們二十歲那時候，曾經堅定地相信自己過了三十歲，會長成和現在的大人完全不同類的大人。而且世界一定會變得更好。因爲有像我們這種意識高張、理想燃燒的青年會長成大人，所以世界不可能變壞。壞的是現在在那裡的大人。終於戰爭會結束、貧富差距會縮短、種族歧視會消除。很認眞地這樣想。約翰·藍儂也認眞地這樣想（大概）。切·格瓦拉也認眞地這樣想（大概）。

但當然，並沒有帶來烏托邦理想國。戰爭、貧窮和種族歧視也沒有消除，我們終於過了三十歲，大多都變成和以前一樣無聊而平凡的大人。你可能會想「像

傻瓜一樣」。到現在我也這樣想。像傻瓜一樣。不過自己在那個時代，置身於那個場所時，一點都不覺得像傻瓜。而是相當興奮動心的事。披頭四高唱著〈All You Need Is Love〉（愛是一切），小喇叭聲朗朗吹響。

很遺憾，應該這樣說，那樣樂觀的時代，在那時候就結束了。現在要找出相信「往後世界會漸漸變好」的年輕人，以極保留的表現法，應該是相當困難的事了。

以我的情況來說，過了三十歲改變的是，成爲小說家，生活大爲改變。戒了菸，早睡早起，開始每天跑步。以前我菸抽很重，是個夜貓子，轉變像閃電般非常大而快。從此以後到現在一直不變。

然後我在心裡的一角也會想到「不能信任自己」。也就是過去所提出的論調「不能信任年過三十的傢伙」，某種意義上還繼續留著。那麼，如果問起自己的什麼地方不能信任？那鮮明地感覺到「從今以後世界確實會越變越好」的自己，到底跑到哪裡去了？這件事。現在以一副像什麼也沒發生過的臉色，保持自己步調健康地、淡淡地過著日常生活。雖然是自己的事，但總有一點點不能完全信任的地方。

我會想把這種事特地提出來寫，是因爲前幾天一連看了有關約翰・藍儂和切・格瓦拉的電影的關係。因此想起如果能斷然地說「雖然如此愛還是一切」的話，該多好。

本周的村上　沒有那種廚師可以坐在迴轉盤上轉過來的迴轉壽司吧？是因爲眼睛轉了會頭昏眼花嗎？

歐姬芙的鳳梨

一看到鳳梨時，我就會想到美國畫家喬治亞・歐姬芙。並不是因爲她畫了那水果，相反的是因爲她一張都沒畫。

歐姬芙1938年在夏威夷停留了三個月左右。招待她的是以鳳梨罐頭著名的Dole公司，費用全部由他們負擔，她可以住夏威夷，只要畫出一張廣告用鳳梨畫就行了，眞是大方的要求。

歐姬芙小姐一則爲了撫平離婚的傷痛而接受了這個邀請，搭上客船來到夏威夷，巡迴各個島畫了很多畫。眼睛所見的一切都那麼新鮮，激起她的創作慾望。她的關注主要被植物所吸引。顛茄、扶桑花、雞蛋花、薑花、蓮花……在她停留期間畫出許多美麗的花。但只有鳳梨她卻沒有畫。

爲什麼？你會這樣想吧。我也這樣想。不過是鳳梨，就劈哩啪啦給他畫一張就好了嘛。技術上我不清楚，不過我想應該不太難畫吧。人家又不是拜託妳「請

畫一張大烏賊和大章魚半夜在四疊半榻榻米上扭打的光景」。

不過她終究一張鳳梨的畫都沒畫，就那樣匆匆回到本土去了。藝術家就是這麼感情用事，或隨性，或難搞。也可以說只是不負責任。

不過對Dole公司來說，卻很沒面子。他們特地把整棵鳳梨樹送到她紐約的公寓去。好了，請畫這個。人家都做到這個地步了，歐姬芙也沒辦法只好勉強畫了鳳梨的畫，寄到夏威夷去。不過她畫的並不是Dole公司所期待的水果畫，而是楚楚可憐的鳳梨花蓓蕾。並一起寄了紅薑花的畫去。都是很美的畫，卻不適合用在罐頭廣告上。

我不知道為什麼，但她可能相當討厭畫鳳梨的畫。雖然這兩幅畫，現在的價值已經不得了了，Dole公司應該可以輕鬆收回招待她所花的費用。東西的損益得失不以長遠眼光還看不出來。

讀到這樣的故事，我也很想做一次這樣大膽的事情。不過個性是天生的，辦不到。如果是我，可能會一到夏威夷首先就把一張鳳梨的畫先畫起來，完成義務，然後才去做喜歡的事。

不過歐姬芙女士卻不是這種人，她可以「哼，我要把我想畫的東西，依我想畫的方式畫。管他鳳梨什麼的。」在這樣的情況下隨心所欲地過活著。令人羨慕，一方面雖然和我無關，也覺得替她擔心，大概很辛苦吧。

人的個性，說起來可能並不能以道理來說該怎麼樣，我邊吃著鳳梨點心，邊細細想著。

本周的村上　有「注意搶奪」的招牌。有人用奇異筆把「奪」擦掉。有人太閒了。

簡直像豹子

日本的職業棒球，什麼時候開始變得那麼無趣了？是個相當難的問題，我還看不出那正確的要點來。

可能是從日本職棒總決賽不在白天舉行時開始的，可能是從巨蛋球場大增，球場內大量出現空飄氣球和華麗啦啦隊女郎的時候開始的，可能是從投手完投的比賽極端減少時開始的，可能是從那不像話的江川事件開始的，可能是從名古屋某隊的監督和選手把可憐的裁判大打一番造成骨折住院，卻只受到輕微懲罰時開始的。無論如何，這種事一點一滴地累積起來，我覺得自己對棒球這運動似乎已經無法再像以前那樣坦然熱愛了。

而且致命的一擊，是最近的「總決賽」。要問我的意見的話，那是爲了營業而捏造出來的，要猴子戲般的東西。並不是聯盟優勝的隊伍竟然出場參加日本職棒總決賽，無論加上什麼理由，都完全無法說服人。這和美國大聯盟的季後賽完

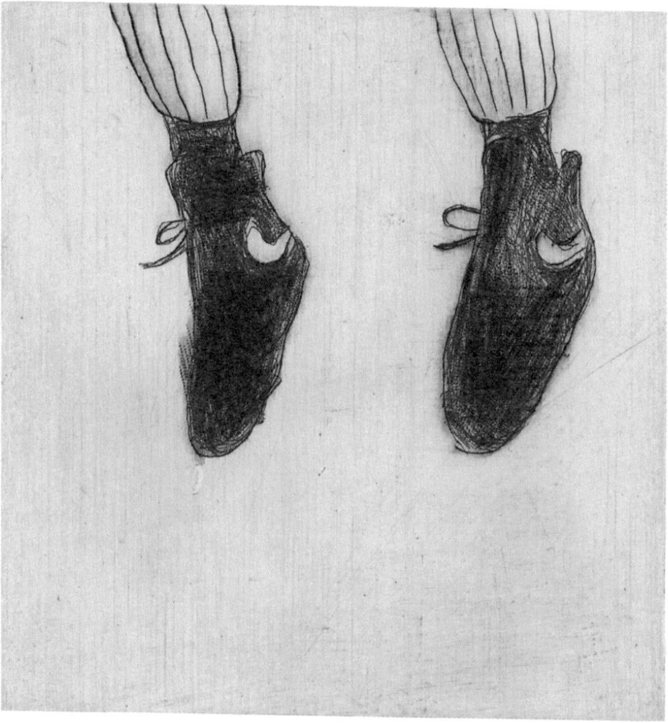

全不同。

一邊嘀嘀咕咕不斷抱怨，還是每天晚上看電視的棒球轉播，查看體育新聞，一有空就往神宮球場跑，繼續邊吃毛豆喝生啤酒邊看球賽。爲什麼？你可能會問。被這樣一問，嗯，雖然窮於回答，不過結果只能說，雖然有一大堆不滿意的事，但棒球這種運動還是保留有很多美好的部分。

大約兩年前，我在波士頓芬威球場看了紅襪隊對洋基隊的比賽。因爲坐在三壘觀眾席後方的座位，因此可以看見三壘手的守備就在眼前。洋基隊三壘手當然就是A-Rod（Alex Rodriguez）。從比賽開始到結束，我都沒怎麼看投手和打擊手，光一直觀察他的守備。爲什麼呢？因爲他的動作實在太漂亮了。每一球都微妙地移動守備位置，改變身體重心的設定。如果一場比賽約投一五〇球的話，他腳尖就緊緊抓地一五〇次，簡直像豹子般鼓著渾身的力氣。那節奏感眞漂亮。連一球都沒輕鬆放過。

可能有人會說他領那麼超高的薪水，所以基礎動作做出來也是應該的。話雖沒錯。不過世間也有不少人是邊領高薪邊偷懶，不注意小地方的。我還是一邊佩服不愧是A-Rod，對他感到很滿意，一邊走出球場。生啤酒也喝了，熱狗也吃了……那麼是哪邊贏？松井打到球了嗎？完全不記得。不過那一夜的比賽印象到現在還活生生留在我腦子裡。深深感覺特地到球場去一趟，還是很值得。

所謂職業的專家就該這個樣子。我也必須學習才行。

本周的村上　日本最美麗的棒球場，我覺得還是甲子園球場。不過最近沒有去。

乾脆放棄算了？

「memoir」一般翻譯成「回憶錄」、「自傳」，但語氣很硬顯得很神氣，不太能接受。仔細說來大約是「把過去人生中的所見所聞，所想到的事整理成書」的東西。海外的書店大多都有「傳記」的一隅，在那裡也包含有「回憶錄」。日本書店裡卻沒有這種部門。爲什麼？

我在京都的舊書店看到《耳朵是一切》（*All You Need Is Ears*），在回程的新幹線上我入神地讀起來，因此手機放在椅子上遺忘了。馬丁以披頭四的製作人來說，是個傳奇性人物，書名當然是模仿披頭四的暢銷曲〈愛是一切〉（All You Need Is Love）。

這方面的書大概都相同，有最精彩刺激的部分，還沒翻開書之前大概就可以預測到。描寫從利物浦來的四個無名搖滾樂手抓住了僅有的契機，到攀升爲世界性英雄爲止，令人驚嘆的幾年（或幾個月）的激情。處在谷底時，和站上巔峰

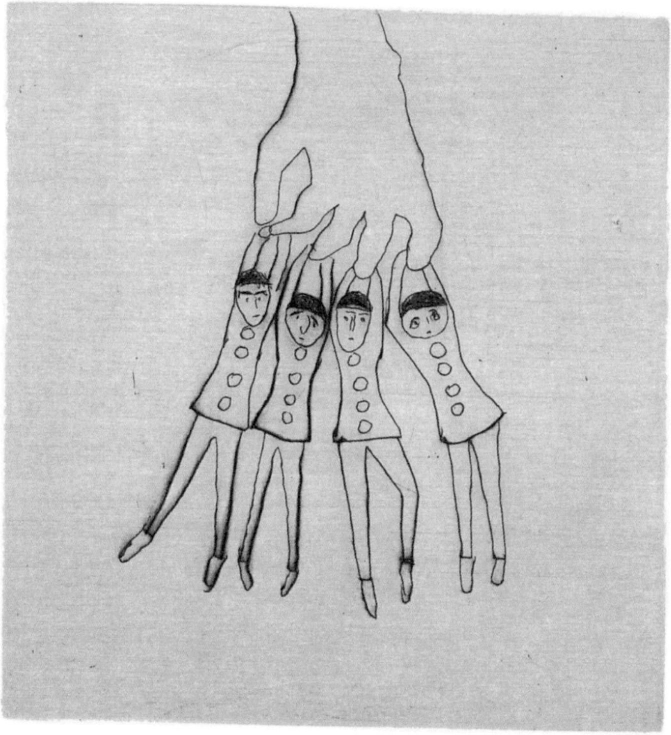

後，可以說只是那前後的附帶說明。

對披頭四的歌迷可能是眾所周知的事實（不過我並不知道），無名時代的四人組曾經帶著Demo試唱錄音帶跑各家唱片公司。但沒人理會，讓他們自暴自棄地想「乾脆放棄音樂算了」。在當地的俱樂部雖然非常受歡迎，但唱片公司上面的人卻完全無法接受那音樂。對保守的他們來說，那樣的東西只不過是噪音而已。

但在大公司EMI旗下負責一個叫Parlophone小品牌的喬治・馬丁George Martin聽了披頭四的音樂，覺得「雖然相當粗野，但裡頭也有出奇吸引人心的東西」。他主要的工作與其說是音樂，不如說是喜劇唱片的製作，但雖然被周圍的人嘲笑，他還是相信自己的直覺，横下心來跟四個人簽下了合約。如果馬丁稍微猶豫不決的話，或許約翰・藍儂和保羅・麥卡尼就那樣放棄音樂，去找其他什麼比較安定穩固的工作了。例如郵局的職員之類的。人生，真難以預料。

*

我三十歲時拿到一個文藝雜誌的新人獎，算是以作家出道了。我到出版社去打招呼時，類似出版部經理的人相當冷淡地對我說「你的作品相當有問題，不過（＊隨便）加加油吧」。當時我乖乖地想著「是嗎，我有問題嗎？」回來。（＊話中的感覺）

跟披頭四比雖然不自量力，不過我深深感覺公司不喜歡「有問題的東西」。對不整齊的東西、沒有前例的東西、想法不同的東西，幾乎都會自動排除。我想在那樣的形勢中，有多少員工能以個人「橫下心」做事，似乎會決定公司的器量。

雖然不是說我的想法能讓什麼變成怎樣，不過日本經濟今後不知道會變怎麼樣啊。

本周的村上　我遺忘在新幹線上的是附有Starbucks迷你杯吊飾的手機。向車站職員說明覺得很不好意思。

在惡魔和深藍海之間

英語中有「在惡魔和深藍海之間」的表現法。指正處於被逼到緊迫狀態，或絕對生死關頭的意思。眼前不得不二選一，但選哪邊都沒有救。

英國有一位劇作家叫Terence Rattigan特倫斯・拉蒂根寫了一本戲本叫《*Deep Blue Sea*》（深藍海）。一個企圖自殺卻失敗的年輕女孩，被管理員問到「爲什麼要做這種事？」時，她回答「前面是惡魔，後面是深藍海，處在這樣緊迫的狀態下，深藍海看起來比較有魅力。昨天晚上的我就是這樣。」

我大學時讀了這戲本，深感佩服「是嗎？也有夾在惡魔和深藍海間的情況啊」。不如說，腦子裡浮現自己被夾在緊迫而來的惡魔和斷崖絕壁間的情景時，相當有眞實感。我如果被問到要選哪邊，可能會選跳進海裡。不會想被惡魔抓去吃掉。

至於這個女孩爲什麼會自殺失敗？當時英國附家具出租公寓或學生宿舍，

據說一般是採取投幣式供瓦斯的方式。這女孩在投幣不足的情況下，打開瓦斯栓子，因此瓦斯中途就沒了。我在一九八〇年代後半住倫敦的公寓時，瓦斯已經不是投幣式了。

小時候，我家附近有海水浴場，因此一到夏天每天都到那裡去痛快地游泳。現在也喜歡在海裡游泳，每年也參加一次鐵人三項比賽。雖然游得不太快。

在海裡游泳的樂趣，是只要稍微游出海一些時，就沒有人了這一點。游泳池總是很擁擠，旁邊水道有人想跟你競爭時眞麻煩，海裡就沒有這種現象。可以依自己的步調，悠閒地盡情游。游累了只要轉身仰泳，眺望天空就行了。天上飄浮著白雲，海鷗筆直飛過。

不過當然並不是只有快樂的事。在海裡游泳時我也遇過幾次可怕的事。曾經被水母嚴重刺傷。被激烈的浪潮沖流，差一點被浪捲出外海。腳也常常抽筋。雖然還沒遇過鯊魚，但遇到過幾次大魟魚。

最可怕的，是在夏威夷的海裡游過像深海洞般的地方時。只有那裡海底咚一下變深。水無止盡地透明、無聲，我忽然被像隻身飄在高層大樓谷間的上空般的錯覺所襲。因爲我有懼高症，所以眼睛暈眩，背脊僵硬，身體縮緊起來。

惡魔、深藍海，或許不在外側，而是潛藏在我們自己內心的東西。每次想到那深海洞穴時，我就會這樣想。那經常都埋伏在某個地方，等待我們經過。一想到這裡，人生眞可怕啊。

本周的村上　結婚禮堂的廣告有「訂婚後就太遲了」，這樣說又能怎樣呢？

計程車的屋頂

我幾乎不會在自己的書上簽名。新書送朋友時，也不署名就寄。那樣的話收到的人心理負擔比較少，以後要處理時也比較容易吧。

我也不辦簽名會。我沒興趣辦簽名會的理由之一，是一定有業者會來。有專門收集簽名書做生意的人。簽名會的第二天已經有署名的書在網上排出來拍賣了。為一般讀者簽名，我一點都不厭煩，但被當成賺錢工具，我就不起勁了。

我在國外有時會辦簽名會。多半是受到當地出版社的邀請而去的，於是當成活動的一環，日程中會排出簽名會。立場上不做不行。因此，到目前為止在很多國家辦過簽名會。在外國的簽名會也會有專門業者來。全世界，人所做的事居然都相同，讓我感到怪佩服的。

令我印象最深刻的簽名會，是西班牙的巴薩隆納辦的那次。簽名將近兩小時，但人還很多時間不夠用。加上女孩子在簽名之後，還說「村上先生，kiss 一

下」，我也沒辦法（說謊），於是站起來在臉頰上親一下。這樣繼續下去，不可能不花時間。出版社的人說「太花時間了，所以別再kiss了」，那太可惜了，因此我主張「不，身爲作家我要負責到底」，因此有求必應地kiss了。

簽名後要求握手是常有的事，但要求kiss只有在西班牙。而且美女很多……不，這件事別再提了。好像會引起公憤。

世上有所謂「色紙」這東西，我不知道怎麼沒辦法喜歡。正四方形白色厚紙板（沒見過橢圓形的），武者小路實篤先生寫過「美哉友情」，並畫上青椒圖那個。我在鄉下旅館住宿時，老闆娘拿了色紙來，對我說「請寫一點什麼可以嗎？」我大多會說「除了書之外我不簽名」，而斷然拒絕，但有時在難以拒絕的情況下，我會用小小的字在邊緣匆匆寫下名字就應付過去。就像膽小的狗在廣場一角悄悄小便那樣。當然沒畫什麼青椒圖。沒畫大烏賊或鳳梨的圖。也沒寫「人生如登山」之類的字。只有名字。因爲非常不親切，因此大家都很失望。雖然覺得眞過意不去，但因爲沒有技藝所以請原諒。

以前讀賣巨人隊裡有一位內野手Dave Johnson戴夫・強生說過「我在日本，曾經應要求在計程車的車頂和女人的胸罩上簽名」。我都還沒有過。

本周的村上　抽水馬桶上有分「大小」的按鈕，那不能改成「強弱」嗎？

剛剛好

我已經相當有一把年紀了，但自己卻絕不叫自己「歐吉桑」。不，事實上確實是可以被稱爲叔叔、伯伯、歐吉桑，甚至爺爺了沒錯，只是自己不這樣稱呼。爲什麼？因爲一旦說出口「我已經是歐吉桑」時，人眞的就會變成眞正的歐吉桑了。

女人的情況也一樣。一旦說出「我已經是歐巴桑」時（就算是開玩笑或謙虛地說的），那個人就會變成眞的歐巴桑。一旦說出口的話就是有那樣的力量。眞的。

我認爲人就照年齡相當的樣子自然地活著就好，完全不必勉強裝年輕。但同時，也不必勉強自己變成歐吉桑或歐巴桑。關於年齡最重要的，我想是盡量不要去想年齡的事。平常忘記就好了。無論如何有必要時，才私下稍微在腦子前端一帶想起來就行了。

＊

每天早晨在洗臉台洗臉、刷牙。然後會在鏡子裡檢查一下臉，每次都會想到「嗯，傷腦筋，上年紀了」。同時也會想「不過實際上就上年紀了，所以就是這麼回事吧」。這樣不是剛剛好嗎？

雖然不是那麼常，不過偶爾走在路上，讀者（大概是）會跟我打招呼，或要求握手，說「很高興見到您」。每次我都想說「我每天都在鏡子裡看到自己的臉，每次都覺得很煩呢」。在街角目擊這種東西。有什麼好高興的？

話雖這麼說，可能也不見得是這樣。如果這種東西也能讓您感到有點高興的話，以我來說也非常欣慰，好吧。

無論怎麼樣對我來說，所謂「剛剛好」這件事已經成爲人生的一個關鍵語。不英俊、腿不長、是音癡、不是天才，試想起來幾乎沒有優點的人，不過對我來說就是「這樣要說是剛剛好，就是剛剛好吧」。

因爲如果太受女人歡迎，人生可能也會有很多麻煩，腿長一點坐在飛機的椅子上也會不舒服，歌唱太好在卡拉ＯＫ唱過頭嗓子會長息肉，如果是天才就必須擔心搞不好會才華枯竭……。想到這裡，不如現在這樣的自己就很夠了。也沒什麼特別不方便的地方。

就這樣「這種程度剛剛好」能放鬆想開之後，自己是不是歐吉桑（歐巴桑）就無所謂了。無論幾歲都沒關係，只是個「剛剛好」的人。我想對年齡多愁善感的人，最好能盡量這樣想。說不定沒那麼簡單，不過彼此加油吧。

本周的村上　我有生以來還沒在卡拉ＯＫ唱過歌。沒關係吧？無所謂。

報紙是什麼？

我在看美國的報紙時，看過這樣的一格漫畫。媽媽翻開報紙，對兩個兒子說「根據報紙說，郵局要停止星期六的送郵件了」。一個兒子問「嗯，什麼是郵件？」另一個兒子問「嗯，什麼是報紙？」兩個人都目不轉睛盯著電腦在查YouTube或mail。我不禁笑出來，不過同時也想到，這種事已經不是笑話了。「郵件是什麼？」「報紙是什麼？」的時代，實際上似乎已經逼在眼前了。就像不知不覺間公共電話已經從街上消失了一樣。

有所謂報紙休刊日吧。每個月一次左右的程度，日本報紙協會所屬的報社都不發行報紙。既不送報到家，車站也不賣報。換句話說除了特殊例外之外，報紙從日本全國悄悄消失。我住過幾個國家都看過報紙，就從來沒聽過報紙有休息的事。每天出報所以才叫做日報，因此休息一天就沒意思了。您的心臟會說「每天

勤快跳動很累，所以今天很抱歉讓我休息一天」嗎？所謂報紙是要傳達社會脈動的公器不是嗎？

如果說「彼此有時輪流休一下吧」，也許退一百步還可以勉強認可。但全國的報紙同一天，約好了一起不出報，怎麼說都太過分了。報社雖然說「是為了讓送報的人休息」，但那是只要考慮到就業條件就行的事，因此不出報這回事，目的和手段完全顛倒。為什麼美國可以做到不休息的宅配，日本卻不能，我想知道原因。

如果寫了類似的事的話，會被報社糾纏不休地虐待，是寫作世界的常識。我也有這種經驗。以前寫了這種事之後，報社上面的人就立刻跑來，向我開導一番。換句話說是軟性威脅。所以很多人都閉口不提。所謂集體虐待，一定是日本社會的基本體質。高聲批判協商和虐待的媒體，自己也在做著同樣的事，因此很羞恥。想到如果這樣做的話馬上會碰到很慘的事，果然不出所料，人們漸漸不再看報紙了。

結果因為有了報紙休刊日，人們習慣了，可能會開始想「沒有報紙，也沒什麼不方便嘛」。換句話說就像是自己掐自己的脖子一樣。

以我來說，能感覺到買報紙的樂趣變成只有《紐約時報．書評版》了。這雖然在網站上也可以完整地讀到，不過禮拜天早晨去買那厚厚的星期日版的快樂，是其他事情所難以取代的。但願別發生開始問「嗯，星期日版是什麼？」的事情就好了。

批判歸批判（應該有權利陳述這種程度的意見），報社的各位，辛苦了，加油喔。

本周的村上　所謂地上電波的數位化還眞麻煩啊，全都停止算了，此時此刻這樣想。

有必要溝通

法國有一位作家叫 Georges Simenon 喬治．西姆農。以精確的文體和敏銳的觀察眼光，醞釀出令人感動的氣氛而大受歡迎。他寫出八十七分局馬格雷探長系列獲得世界讀者的愛讀，但他不僅以超過二百冊的著作，同時也以花花公子聞名。

根據作家自己晚年的告白，他說「我從十三歲開始，到現在大約和一萬個女人性交過」。當然這方面的告白總不免誇張，因此無法照面額接受。夫人在他死後說一萬個是不可能。「頂多一千二百人左右」。但那也太過分了吧。

據他太太的證言，總之西姆農先生和身邊的女人一一有關係。周圍的女人們會答應他的要求好像有問題，但明知這樣還去算人數的太太也很厲害。到底是什麼樣的夫妻呢？

西姆農說「我不把性交視爲惡德。對我來說只是有必要進行溝通而已」。但我

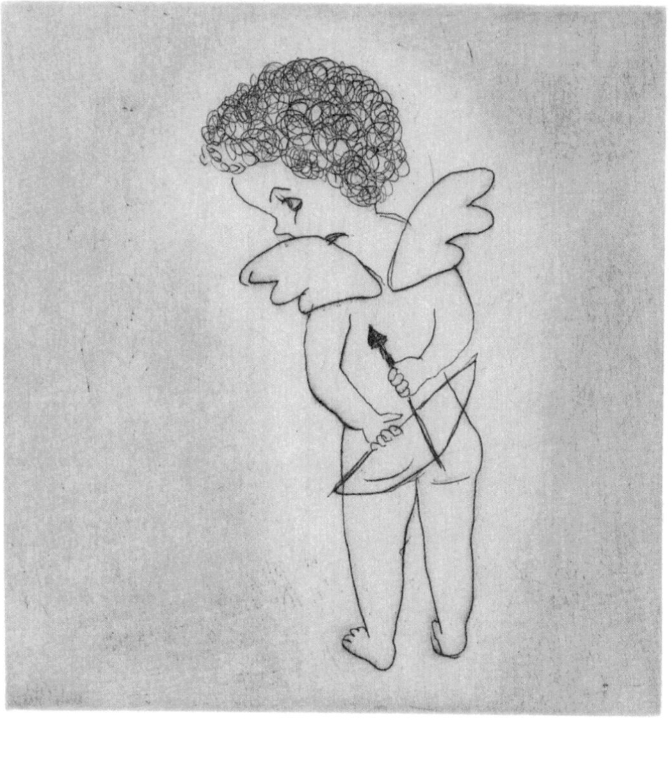

想，世間的人一般就算沒有性關係，生活上也能設法和周圍的人——就算不是經常達到十分滿足——進行溝通。因爲如果爲了話說得通就要一一性交的話，身體實在吃不消吧。

西姆農先生本人雖然想得諾貝爾文學獎，但結果並沒有得到。事到如今，那種事已經無所謂了。因爲試想看看，三年前的諾貝爾文學獎是誰得的，已經不記得了吧。但西姆農的花名，卻以傳說輝煌地（沒有嗎？）留在文學史上。

不用說，做愛重要的不是量而是質。如果對那質能滿足的話，對象只要一個就行了，就算跟一萬個異性睡過，如果於心不安，一切都只不過是時間和精神的浪費而已。

和性的事無關，我在收集ＬＰ唱片。說來奇怪我也從十三歲時開始收集，到現在達到相當的量了。幾乎都是古老的爵士樂。要問「有幾張？」我也不清楚。因爲買進很多也放掉很多，所以沒工夫去算。我想應該不超過一萬張，但沒有自信。

那麼，如果問，你想說什麼？對於收集（一心專注的對象）問題不是數目。重要的是你能瞭解和喜愛多少，那些記憶在你心中能保持多新鮮。可能是所謂溝通本來的意義，這是我的愚見。

日常勤跑中古唱片行，手指邊觸摸著發黴的唱片封套，邊想到西姆農一定也很辛苦，強忍著辛勞。世間眞是有各種人生。

本周的村上　這附近有一家看板寫「現煮義大利麵」的餐廳，麵眞的用開水站起來嗎？（譯註：日語湯で立て，指剛燙好的、用開水現煮的，和湯で立つ，用開水站起來，諧音。）

月夜的狐狸

啊，今年夏天（2012年）眞熱……也許應該這麼說，但其實我一點也不熱。因爲從七月中開始的一個半月左右，我人在北歐。雖然白天有時也相當熱，不過天一黑之後，就涼得想鑽進棉被裡睡覺的地步。很舒服的夏天。對不起！雖然不必一一道歉。

我在奧斯陸大約五個星期，然後轉到丹麥去，停留在默恩島。從哥本哈根開車約一個半小時的距離，浮在波羅的海的美麗島嶼，非常安靜（或者該說，很偏僻）的地方。人口四萬六千人，主要的產業是捕鮭魚業。

說到爲什麼會去那地方？是因爲他們每年夏天在這島上會舉行文學節。雖說是文學節也不是很誇張的那種，而是由名叫馬利安奴的當地伯母一個人包辦的手工式活動。只請一位作家。每年都邀請我「歡迎光臨」，所以既然去到奧斯陸了，就想去看看吧。

在島上就在馬利安奴伯母夏屋的別墅打擾了五天。並連續兩天，用高中禮堂舉辦座談和朗讀。這種地方會有人來嗎？有點不安，不過卻從全丹麥各地來了很多人，媒體也報導了，場面相當熱烈。在奧斯陸也舉辦了同樣的活動，但默恩島雖然地點偏僻，以內容來說可能這邊反而更親密而熱烈。

我到默恩島後覺得奇怪的是，有很多貓在田間走動。我到過全世界各個地方，不過還不太見過貓在田裡活動的光景。我試著問馬利安奴女士「爲什麼？」她說這個季節貓都出來田裡抓野鼠。確實馬利安奴女士家的黑貓姊妹，到了晚上就出去外面，早晨才沾滿夜露溼答答地回來。她說「這些貓是半野生了呢」。默恩島上貓也很認眞地在工作。

滿月的夜晚，開車去吃飯回來時，同樣在田的正中央還看到年輕的狐狸。狐狸就像在跳舞般，在那裡蹦蹦跳著。我停下車來觀賞，也完全不逃走。眞是美麗的光景。狐狸在明亮的月光下，優雅地跳著舞。我像被魅惑了般眺望著那光景。旅行有很多麻煩事，總是搞得很累，不過還是有鼓起精神出門的價值。

每天早晨慢跑時，每次都在同樣地方，看到同一隻鹿。我走上前去牠就會跳起來般逃走。很舒服地跑一個小時，在那之間路上迎面遇到的只有一輛福斯車，和一個騎腳踏車的中年男人。我想在這種地方住也不錯吧。

每次出門旅行，好像到很多地方就會那樣想。

本周的村上　在挪威時到處看到櫥窗裡擺著下半身赤裸的人體模特兒。爲什麼？

喜歡太宰治嗎？

你讀太宰治嗎？

老實說我有很長一段期間，很難接受這位作家。文體和對事情的看法有點不適應，因此很難讀到最後。並不是要否定身爲作家的價値，只是味道不合而已。

三島由紀夫也和我一樣（我想應該不一樣的，但暫且這樣）不太能接受太宰的作品。戰後不久，太宰得到年輕人之間壓倒性的支持，而年輕時候的三島卻不服氣，每次一有什麼都說他的壞話。朋友們覺得很有趣，有一天就帶三島到太宰的地方去。根據三島的回憶，他對著那位風靡一世的人氣作家說「我討厭太宰先生的文學」。於是太宰不對誰地說「說這種話，還來到這裡，所以還是喜歡吧」。

三島寫道「現在自己也遇到同樣的情況」。年輕人到三島的地方來，當面對他宣示「我不喜歡你的作品」。換句話說，輪到他了。因此他也體會到當時太宰

的心情了。不過他並沒有採取和太宰同樣的對應法。而是大方地笑著帶過去，或裝成沒聽見。

我的情況，曾經想過有沒有被人當面說過「討厭你的作品」，但想不起來。覺得好像經常被這樣說，也覺得好像沒被說過。因爲我很少在人前出現，所以可能沒有讓人從正面這樣說的機會。

不過如果站在那樣的立場，我可能會想「那也沒辦法吧」。因爲我自己對目前爲止所寫的書都不太滿意。當時我當然每一本都喜歡，也有盡了全力寫的自負。但時間過去之後，大概都會發現不滿的地方和不成熟的部分。所以如果有誰說「我討厭那樣的東西」，有些地方我也會認同「嗯，某種意義上可能是這樣」。雖然或許不該這樣乖乖認同。

＊

無論如何，我最近用ipod下載了被朗讀的太宰的作品，在旅行的車上之類的時候常常聽。雖然還是很難說合得來，不過有些地方也會覺得「哎」地嘆氣，不是讀印出的字而是用聽朗讀時，不知道爲什麼，話的動向比較可以就那樣寬容地接受。可能是那有癖性的文體，不像用眼睛讀字時，那樣擁有直接逼迫的力道吧。或許只是我已經不年輕了，對和自己異質的東西變得也能坦然接受了而已。

不過試想起來，如果眞的認眞討厭對方的話，不會只爲了說「我討厭你寫的東西」，而特地到那個人的地方去吧。以理論來說是對的。我投太宰一票。

不過說起來，小說家實在是麻煩的人種。我眞的深深這樣想。

本周的村上　我上次吃了「明治牛奶巧克力柿之種」。味道還不錯，但有點看不出必然性。

不能笑別人的性

你去過冰島嗎？我去過。是個非常有趣的地方，所以如果有機會的話還想再去。最近因爲通貨混亂、火山爆發等，好像不太有好印象，不過空氣很乾淨，人很親切，到處湧出溫泉，青苔非常漂亮，幽靈也很多。

我在冰島首都雷克雅未克的飯店睡不著看著電視時，看到性愛頻道。所謂性愛頻道是什麼呢？你可能會問。就是不停播放男女做愛場面的頻道。並沒有不正常的令人討厭的傾向，只有各種男女輪番上陣出來，極健康地以各種體位性交。當然性器之類的也全都露出，從前戲到插入到射精，完整詳細地讓你看。

我剛開始也很驚訝，但不久就覺得像在看什麼器械體操的演技般了。其中散發著某種嚴肅的氣氛。令人不禁正襟危坐起來，相當認眞地開始看。這樣說有點怎麼樣，不過世上眞的有各種顏色大小形狀不同的性器。令人不禁要「嗯」地感嘆起來。活長一點還是不錯。

不過看個三十分鐘之後，確實也會開始有點膩。因爲沒有台詞沒有劇情，光是赤裸裸的男女一本正經地一直做愛而已（不知道爲什麼沒有人一面笑著做的），結果就是同樣的一再重複而已。就算多少有改變花樣，但類型數還是有限。或許比喻得奇怪，不過就像在看大自然的紀錄片一樣的感覺。像「海生動物」之類的。

我想日本如果有這類頻道，說不定可以減少性犯罪。在看著別人的性交之間，漸漸會開始覺得「對這種事一一生氣、變臉、認眞的人生，想起來也很沒意思」。

德國漢堡有一條很大的賣春街，我有一次去採訪（眞的採訪）。爲了消磨時間，走進附近的酒吧，店裡有一台大型電視機正播放著足球轉播。德國對土耳其之戰。客人全都邊喝啤酒，邊大聲爲德國隊加油。吵鬧得無法對話的地步。

然而終於到了中場休息時間，畫面突然轉到成人錄影帶。「啊～嗯～不要嘛，不行了」之類的。客人席忽然安靜下來，大家連啤酒都忘了喝，邊呑著口水邊盯著那濃厚的畫面看得出神。

不過十五分鐘過去，比賽後半段一開始，「啊～嗯～」中途就被斷然切掉，店裡重新回到「加油！德國！」「快點，射門哪！」的騷亂狀態。那切換之快，讓我大吃一驚。德國人，厲害！

不過做愛這回事，越想就覺得越奇怪。盡量別去想吧。

本周的村上　就像關西的體育新聞報的大標題有「布拉一發」，阪神老虎隊的Brazell布拉塞爾轟出一支全壘打那樣。

喜歡書

十幾歲時我比什麼都愛書。學校圖書館一有整箱新書進來，我就會拜託女館員把不要的空箱子給我，光聞那書箱的氣味，就覺得好幸福。迷書迷到這個地步。

當然不只是聞氣味，也常讀書。只要是印在紙上的文字，不管是什麼，我幾乎都會拿起來讀。各種文學全集我都一本接一本地讀破。整個初中高中時代，我沒遇到過比自己讀更多書的人。

不過從三十歲開始被稱爲作家以後，就不再像著了迷般讀書了。雖然會去熟讀喜歡的書，但不會像以前那樣「碰到什麼讀什麼」似地讀了。也不特別熱中於擁有書。讀過的書，除了以後可能還有用之外，就適度處分掉。

就算這樣偶爾也會眺望自己的書架，看到經過幾次搬家還殘留下來的舊書的書背時，深深感到「對了，我這個人，終究是由書所打造成的」。畢竟，經過多

感的青春時代，經由書本壓倒性地吸取資訊，從此總之形成一種人格。如果能爽快地說「女人們製造出我這個人」倒也瀟灑，但不是這樣，我的情況是書。當然也可以說「女人們帶給我幾個改變」。

西班牙的加利西亞地方有一個叫聖地牙哥．德．孔波斯特拉的都市，這裡的高中生選出「今年讀過最有趣的書」，再招待作家到學校。幾年前《海邊的卡夫卡》被選出來，我飄洋過海去接受表揚。當然高中生沒什麼錢，由某個單位贊助。

在高中禮堂舉行表揚儀式，之後大家圍著桌子用餐。然後，我跟高中生談了各種話，大家一談到小說，眼睛就閃閃發亮。但不分男女，幾乎所有的學生都說，上大學不主修文學，而要主修醫學或工學。

「加利西亞並不是富庶的土地，也不太有產業。不得不外出去找工作，因此有必要學習實際而專門的技術」，有一個人這樣告訴我。相當認真懂事。

想到這種年輕人，在這麼遙遠的地方，這麼熱心，有時甚至像貪婪地讀著我的小說時，我覺得非常高興。這麼說來，我記起高中時眼睛也是閃亮的，讀起書來甚至忘記時間的過去。

高中時代，從來沒想過自己也會成爲小說家。從來沒想過有一天也能寫出像樣的文章。只要讀著書就覺得很幸福了。不，只要聞到書箱的氣味，就相當幸福了。現在好像理所當然，說得很得意似的。

本周的村上　養樂多隊的田中浩康準備揮棒的姿勢，好像貓豎起尾巴搖擺似的。

手機、開瓶器

一九六〇年代克勞德·李路許導演過一部法國電影《男歡女愛》。你知道嗎？當時的少男少女們全都為這部片子而陶醉癡迷。當然現在這些人，都已經完全不是少男少女了。

上次我不知道為什麼也順便看到這部電影，主角尚—路易·特罕狄覊在車上拿出手機來抵在耳邊的一幕。咦，等一下，這個時代應該沒有手機吧，這樣一想仔細一看，只是電動刮鬍刀。在車上過夜後，正在刮著長出來的鬍子啊。喂喂，心想別做這種令人混淆的事嘛，但當時的人當然不知道，將來會出現手機這種東西。

試想起來，沒有手機的時代，人們沒有手機似乎也沒覺得多不方便。因為沒有手機是很平常的狀態。如果沒有啤酒開瓶器，倒會覺得相當不方便。

那麼，沒有手機也好嗎？如果有人這樣問，我也沒有自信能斷然回答。有當

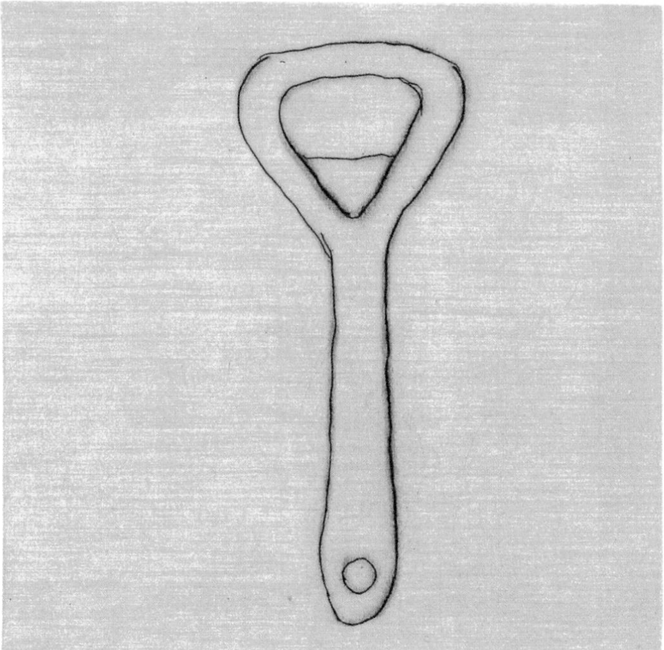

然方便，不過沒有的時候，也沒有多不方便，只能這樣回答。所謂文明眞是不可思議啊。一面製造出一種新的不方便，一面產生一種方便。不管怎麼樣以我個人來說，與其手機不如對啤酒的開瓶器更有好感，那可能單純因爲我喜歡啤酒的關係。

但試想起來，啤酒開瓶器也變成不必用了。從前附近的酒店會把開瓶器隨整箱啤酒瓶一起送來家裡，最近大家都到量販店去整批買罐頭啤酒了。罐裝啤酒比較輕，容易攜帶又方便搬運，也省掉一一處理空瓶的麻煩。

不過，我可以在全世界各種神前堂堂正正地宣誓，啤酒與其用罐裝喝，不如用瓶裝喝要美味多了。證據是，如果在壽司店端出罐裝啤酒來，大多的客人應該會抱怨「開什麼玩笑」。但大家回到家裡，（可能）沒一句怨言地拿出罐裝啤酒來喝。這怎麼想都是騙人的生活方式……這樣神氣地說的我，在家裡也發出砰！不爭氣的聲音拉開拉環，喝著罐裝啤酒。還是輸給現實上的輕鬆省事了。很抱歉。

不過被喀啦壓扁的啤酒空罐，好像很可憐噢。你不覺得嗎？昨天晚上喝過的鋁罐，每次到了早上看起來，心情總會變得莫名的空虛。「啊，又喝了這麼多」。相較之下，空瓶子一直還保持直挺挺的，感覺很清爽。

有時會想起還沒有手機，用開瓶器好好開瓶子喝啤酒的時代。那樣就那樣，也是個相當不錯的時代。如果要問是否比現在快樂，嗯，我也答不上來。

本周的村上　附近立起「本區不歡迎來路不明者」的牌子。忽然這樣說，又如何呢？

大杯焦糖瑪奇朵

在外國經常可以看見，像從日本來蜜月旅行的年輕情侶。非常快樂的樣子。「能結婚，眞好」，雖然是別人的事卻也不禁這樣想。因爲如果大家都很認眞保持單身的話，日本的勞動人口就要更減少下去了。

只是看到這種人，往往讓我歪頭不解，我常常眼看女方走上前去負責用英語對話，男方卻難爲情地躲在背後，等事情辦完的光景。爲什麼？女人比男人語言能力卓越嗎？或者整個社會的傾向，女人的熱力正上升中，相反地男人卻減退中嗎？

看學校的成績時，因爲女孩子比男孩子優秀的情況很多，所以蜜月旅行可能也只不過在那延長線上而已。雖然我想跟男方說一句「喂，加油啊」。不過當然沒說。

＊

幾年前，我在火奴魯魯的「Starbucks」等點餐順序時，我前面有一位日本女人。看來像是蜜月旅行的，照例由她排隊點餐，年輕的丈夫則坐在椅子上無聊地等著。在櫃台接受點餐的，是一位金髮綁馬尾的美國女孩。

女人說「嗯，一杯冰焦糖瑪奇朵大杯……」用不太流利的英語說時，櫃台的美國女孩用流利的日語複誦「好的，一杯冰焦糖瑪奇朵大杯」。碰巧是會日語的美國人。不過在我前面的女人，對方已經用日語說了，好像還完全沒注意到，就那樣繼續用英語說「還要一杯冰咖啡歐蕾」。

美國女孩在那之後也不為所動，始終微笑地用日語說（請問要在店裡喝，還是外帶？請問貴姓？）在我前面的女人到最後都用英語。一定是事先程式化「一定要用英語這樣說」了，因此滿腦子都是那個，竟然沒留意到對方是用什麼語說的。金髮女孩會說日語，是她所沒料到的事。

我很想告訴她「嘿，人家是用日語在說啊」，不過，我判斷還是別多管閒事比較好，就只乖乖傾聽著那奇怪的隔空交錯會話。算了，只要說得通就行了。想起那光景時不禁微笑起來，但絕對不是覺得滑稽，或怎樣。當時我反而對她還懷有自然的好感，現在也一樣。當然，我覺得總比後面坐在椅子上發呆等候的男人要爭氣多了。在外國要用不習慣的語言向對方傳達意思，眞的是很辛苦的差事。我想但願她在某個地方過著幸福的結婚生活。雖然這或許也是多管閒事。

不過我還沒喝過焦糖瑪奇朵，不知道是什麼滋味？

本周的村上　對了，說起來我在Starbucks除了普通咖啡之外，還沒喝過別的東西。我的人生是不是很吃虧？

美味雞尾酒的調法

我以前，在當小說家以前，曾經開過七年類似酒吧的店。當然也常調雞尾酒。會卡沙卡沙地搖調酒器。

於是，當然我深深感覺到，光是調一杯雞尾酒，也有擅長的人和不擅長的人。擅長的人所調的，隨便調都好喝（本人說不定是不會喝酒的），別人調的，怎麼努力認眞調都不怎麼好喝。我想我自己則屬於「馬馬虎虎」還可以的族類。

奧森．威爾斯拍過一部叫《大國民》的電影。描寫美國大富豪想把年輕女朋友塑造成大歌星，從義大利請了一流老師來訓練她。然而這女孩本來就沒那才華。最後那位老師仰天長嘆。「世上有會唱歌的人，有不會唱歌的人」。說完就回國去了。

話題扯遠了，不過做愛也一樣喔。高明的人天生就高明，不行的人天生就不行。不是努力學習就能怎麼樣的。嗯，……這話到此打住。

剛剛在說什麼？對了，雞尾酒。

我在開店時，每次有新員工進來，我就會教他們怎麼調酒，但有人怎麼練習都不行，有人卻一開始就能調出美味的雞尾酒來。這只能說是天生的。

我在《國境之南、太陽之西》小說中寫過這件事。要調出美味雞尾酒，調酒人需要有與生俱來的某種什麼。於是被一位評論家批評爲「實際上這種事不可能發生」。我在小說中平常不會寫實際發生的事，但偶爾寫了眞的事時，卻常被批評「說謊」。爲什麼？我這邊可能有某種人格上的問題。

不過從我粗淺的人生經驗來說，眞的有這種事。雖然理論上說不通但實際卻有。如果要調出令人感動的雞尾酒，需要有與生俱來的某種資質。這是事實。而且這方面，微小而不容抹滅的事實，是一定要親身體驗過，才能沉到肚子底下的扎實功夫。

我個人並不特別喜歡雞尾酒。日常大多簡單喝啤酒或葡萄酒，或威士忌加冰塊。不過如果到像樣的酒吧去時，既然難得來了，就會點個雞尾酒。

我比較喜歡的是以伏特加爲底所調的雞尾酒。因爲伏特加本身幾乎沒味道，因此容易知道調得高不高明。巴拉萊卡、血腥瑪麗、馬丁尼……。例如像螺絲起子這麼單純的長飲類（Long Drinks），也會因爲有沒有微妙品味，滋味就是不可思議地不同。這種地方和文章相同。

我不是在爲店做宣傳，不過我覺得青山的「Bar Radio」的血腥瑪麗還是有一喝的價值。

本周的村上　竟然有不少人邊唱歌邊游泳的。我喜歡唱的歌是〈Yellow Submarine〉（黃色潛水艇）。咕嘟咕嘟。

和海獺接吻

你知道海獺油嗎？名副其實是海獺的脂肪所製成的營養補品。北極圈的因紐特人不吃蔬菜，光吃動物性食品，卻幾乎看不到動脈硬化的現象。調查的結果，發現原因在於他們日常吃的海獺肉上。裡面含有omega 3系脂肪酸，具有保持血液流暢、心臟強壯、關節柔軟的效果。

海獺油日本也買得到，但相當貴，因此到奧斯陸去時，就在當地買。我在健康補品店準備買膠囊裝的時，收銀台的婦人說「買膠囊的不如喝生的油效果好得多噢。不過有點臭就是了……」聽得出帶有「外國人恐怕無法接受」的意味，因此我說「也好，試試看吧」就這樣聽她建議買了生的油。不過油比膠囊便宜多了也是原因之一。

然而實際上豈止是「有點臭」而已。不是開玩笑，簡直極腥極臭。就像「一大早醒來，身上居然壓著一隻大海獺，怎麼都擺脫不了，被勉強扳開嘴巴，隨著

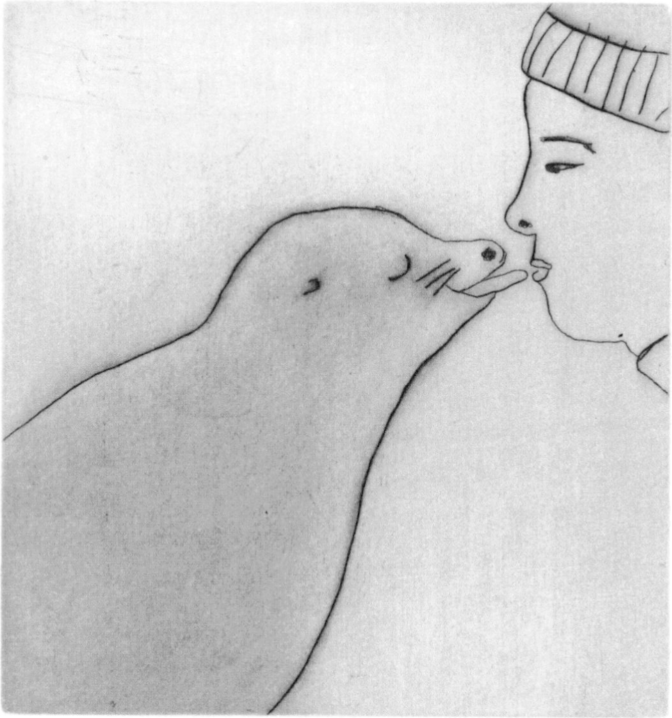

腥臭的吐氣，濕濕的舌頭就那麼塞進嘴裡來」那樣腥臭。你一定不願意遇到這種情況吧？

不過我卻有不認輸的好強地方，一邊想「哼，該死」，一邊每天早晨用大湯匙喝那滿滿一大匙的油。停止呼吸一口吞下去，然後喝一玻璃杯水，雖然如此還是很噁心。所以間不容髮地馬上吃一片餅乾之類甜的東西。要不然實在受不了。因爲湯匙和玻璃杯都沾上強烈的氣味，因此不得不立刻用清潔劑洗乾淨。

那麼，如果要問有效嗎？無法斷言有。這是各種營養補品的問題點。有喝的結果和沒喝的結果，無法公正對照比較。而且本來健康就沒問題，所以也無法以數值顯示，什麼如何變好了。不過在外國旅行一個半月，經常在外面用餐，還能完全沒感覺到身體不舒服，所以大概多少有點效吧。

或者說，這麼腥臭的東西還每天早晨忍著喝，如果沒效的話，我可不罷休，心裡有這樣堅強的決心，那使我的健康感覺好像比普通增強了。如果用膠囊輕鬆吃的話，對海獺油可能不會產生這麼強烈的執著。

我跟挪威人談到這件事時，大家都皺起眉頭。因爲都有小時候曾經被迫喝過的記憶。很佩服地說「那麼臭的東西虧你也能喝啊」。順便一提，現在生的海獺油好像郵購買不到。如果想主動走艱難道路的人，或想體驗和海獺做深入親吻的人，或許只能親自到奧斯陸去買了。不過很臭喔，眞的，不是開玩笑。

本周的村上　被食蟻獸深深親吻也很難過。這種事不想也罷。

鰻魚店的貓

從前，表參道的派出所旁有一家小小的鰻魚店。店名我忘了。房子是古老歇業商家風格的民宅，客席的座墊上經常有一隻貓在曬太陽。我喜歡下午到那鰻魚店，在貓身旁吃鰻魚。現在那家鰻魚店已經不見了，我記得是改成「Subway」地下鐵速食店。

以前那一帶還很悠閒，行人也不多，還留下貓可以舒舒服服睡午覺的環境。我在旁邊吃著鰻魚，貓都完全不介意地繼續呼呼大睡。一定是聞膩了鰻魚味道吧。

我住在青山一帶相當久，經常去各種店，不過那些店大多已經消失無蹤了。以超級市場來說「Yours」不見了，「紀伊國屋」也完全變樣了。二十幾歲時，我在紀伊國屋邊沉思邊買青菜時，就有一位上了年紀的店員走來，熱心地花很長

時間教我新鮮生菜萵苣的選法。我想，這個人大概很閒，後來有人告訴我「那位就是紀伊國屋的社長啊」。不知道是不是眞的（如果是眞的，那眞是美事一樁啊），無論如何我是在那裡學到萵苣選法的。

在青山橋附近有一家餐廳「KIHACHI」，每逢下大雨下大雪，或颱風來時，我總會去那裡用餐。平常不太有位子，但天氣不好時預約會紛紛取消，所以店裡空空的可以平心靜氣地享受餐點。那時候因爲我就住在附近的大廈（這最近也拆掉了），所以不管大雨或強風都不怕。還常常想「颱風怎麼還不來」。「KIHACHI」也搬走了。

根津美術館附近有「Afternoon Tea」時，我常在那裡讀書。很少有可以安靜讀書的明亮喫茶店，因此相當珍惜。但我所珍惜的店大多不久蹤影就消失了。而現在，眼睛所見全都變成「Starbucks」了。

從神宮球場回家途中，我常常會經過外苑西通的酒吧「HARCOURT」進去喝酒。我隨便瞎掰一個名字點雞尾酒時（例如「西伯利亞微風」之類的），流裡流氣的酒保小哥也面不改色地隨便幫我調一杯雞尾酒端上來。很不一樣的店。在那緊鄰的「Roy's」櫃台，邊喝生啤酒邊吃小牛肉排，也是我的小樂趣之一。很可惜都搬到別的地方去了。

不過想起來我最懷念的，可能還是表參道的鰻魚店。那時候還沒有表參道Hills、沒有LOUIS VUITTON、沒有BENETTON、沒有半藏門線，每次看到派出所的巡警都很閒的樣子，貓在照得到陽光的椅墊上熟睡著。不過貓，對鰻魚完全沒興趣嗎？

本周的村上　從前我養的貓喜歡吃品川卷的海苔。因此我只能一直光吃沒有海苔的品川卷。

住在玻璃屋的人

做翻譯工作時，一年到頭都在查字典。總之如果不把字典當終生的朋友，是無法做這工作的。應該是知道的單字，爲了愼重起見也要翻字典確認看看。於是從裡面又有了什麼新發現……。

我又不打算翻譯，這種事可有可無？是啊，一般是這樣。沒關係，你就姑且聽聽吧。

我從以前就喜歡去記辭典裡的例句或諺語。如果有的話，我會順手一一抄在旁邊的紙上。例如：

Those who live in glass houses shouldn't throw stones.

住在玻璃屋裡的人不該丟石頭。在責備或批評別人之前，最好先檢討自己有沒有弱點的意思。對別人的失敗會說風涼話，如果自己過去也犯過同樣過失被揭

露的話，就很丟臉。會變成「哼，不用你來說」的情況。

當身為在野黨時代說過很多理直氣壯話的人，一旦選舉獲勝當上總理大臣，也有打開蓋子一看，原來……之類的情況。政治家是以這個為事業也就罷了，但如果是普通神經的人，可能無法重新站起來，因此我想最好注意一點。

那麼，話題再回到翻譯上，讀別人的翻譯時，因為工作性質的關係，會發現誤譯的地方。大體說來別人的缺點，比自己的容易發現。大多是和情節無關的細微錯誤，不過偶爾也會有「這個，有點不妙吧」的情況。

在長期暢銷的美國小說中，出現一個經常嚼著胃藥錠劑的酒保，是還算重要的角色。為自己的胃弱煩惱，是個相當神經質的人。然而翻譯出來成為他經常咬著雪茄。雪茄和胃藥不同吧。咬著雪茄一面工作的酒保也很超現實。不過到目前為止讀過這本小說的日本讀者的腦子裡，卻烙下那位酒保強壯地咬著雪茄的光景（應該是）。

如果有關係到故事情節的重要翻譯錯誤的話，會有人悄悄告訴編輯。但不會大聲說。因爲沒有不犯錯的翻譯家（就像沒有不會彈錯的鋼琴家一樣），當然因爲我也不是跟誤譯無緣。總之以住在玻璃屋的人，會一直注意不要丟石頭。發現別人的錯時，會悄悄地自戒「我也必須注意才行」。不過就算自戒還是會犯錯啊。

我並不是只在找藉口，世上有比誤譯更惡劣的事。那就是難讀的惡文翻譯，和索然無味的無聊翻譯。和那比起來，胃藥和雪茄的誤差還……不行嗎？傷腦筋啊。

本周的村上　十二月了。季節還沒結束之前非要把聖誕歌曲唱片全部聽遍才行，很忙喔。

希臘的幽靈

我完全不是迷信吉凶預兆，或相信第六感的那種類型（算是比較散文式的人）。不過偶爾來到某個場所會感覺到「這裡不妙」。覺得不宜久留。

我去希臘一個海港村子的旅館時就這樣。那時為了雜誌的採訪而去到希臘的島上。我和編輯、攝影師三浦先生和他的助手四個人。天黑後，我們累趴趴的去到那蕭條的港村。好不容易才找到一家落魄的旅館，我和主人交涉住宿的房間。因為我多少會一點希臘語，所以就由我負責這個任務。

不過一腳踏進去時就覺得「這家飯店不妙」。空氣濕濕的，有纏著身體的不快感觸。牆壁和天花板都白得怪怪的。我直覺感覺最好別在這種地方住。

有三個空房間，費用是一個房間千圓（左右）。當然非常便宜，但因為不想住，所以我說「抱歉，我想找看看更便宜的旅館」就想走出去。於是主人說「七百圓好了」。我說「這樣也有點貴」，又留我們說「那麼五百圓」。人家降價到

這個地步，我也沒有理由拒絕了。怎麼說是淡季的希臘，住一夜五百圓也不能說貴了。

我和編輯商量「怎麼辦」時，他說「雖然覺得氣氛有點怪，不過大家都累了，就住這裡吧」。所以要了三個房間。我和編輯各住一房。三浦先生和助手住一房。

房間也很奇怪。與其說是旅館房間不如說看來更像病房。或許從前眞的是醫院。漆成白色的鐵製簡樸的床，擺在房間正中央。心想「好討厭」，不過因爲我也累了，所以喝了帶來的威士忌，就那樣睡了。

早晨醒來，在早餐的座位見到助手男孩時，他說「其實夜晚發生很可怕的事，幾乎沒辦法睡」。臉色鐵青，好像有點發抖。

他半夜忽然醒來，看見三浦睡的床周圍，好像黑色人影的東西以相當猛的樣子繞著圈子。窗外照進來淡淡的街燈照射下，看不清楚是什麼，不降低速度一直繼續繞著。他就那樣無法再睡（睡不著吧），只能看著那可怕的繞圈子。

他問醒來的三浦說「三浦先生什麼都沒感覺嗎？」他說「這種事，我什麼都不知道。啊好好睡。肚子餓了」。就是這種人。

那是什麼樣的幽靈，爲了什麼目的，半夜出沒在那房間？我當然不知道，不過在毫無感覺地爆睡的三浦先生周圍，整個晚上繼續團團轉，又能得到什麼呢？幽靈還是有難以理解的部分。

本周的村上　學生時代我曾經到日本北陸去旅行，以爲在公園露宿，醒來卻發現是墓地。

一個人享用炸牡蠣

我想有過結婚生活的人應該可以瞭解，夫婦喜歡吃的東西不一樣，也很麻煩。我家的情況大概以魚和青菜爲主，口味偏淡，到這裡爲止是共通的，因此還好，不過烹調方法和食材的偏好還是有很多不同的地方。

例如我家太太整體來說不喜歡油炸類、火鍋類，因此結婚到現在，從來不爲我做這種東西。她說「違反生活方式」。既然這麼說我也無法反駁。雖說是夫婦也很難說「請改變生活方式」。如果她也說「那麼也請你改變生活方式」就傷腦筋了。

所以例如我想吃炸牡蠣，或想吃壽喜燒火鍋時，只能自己做自己吃。趁太太和朋友去吃中華料理時，我這種企圖就能果敢地付諸實行，從白天開始就一一先把材料準備齊全。

因爲我並不討厭料理，所以並不會抗拒做菜本身，無論做炸牡蠣或壽喜燒火

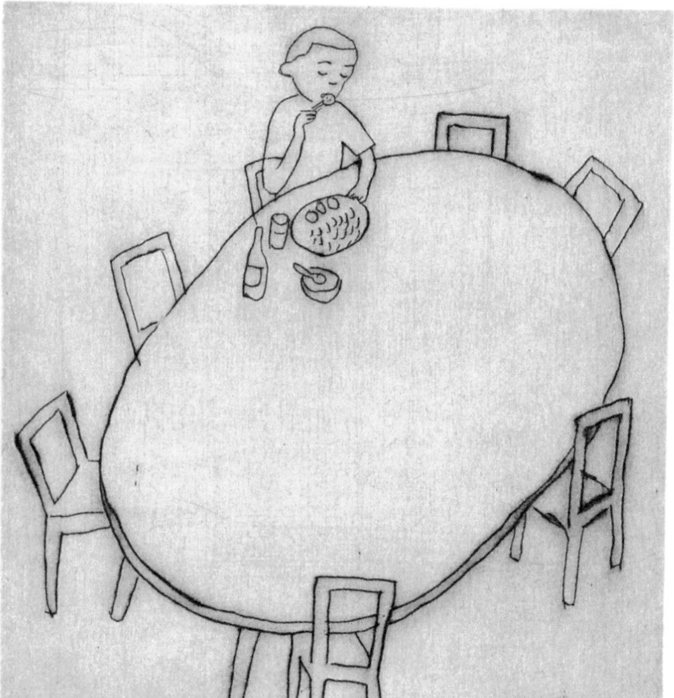

鍋——我想她應該會同意——不過一個人默默地吃，卻不是一件太愉快的事。吃壽喜燒火鍋尤其無聊，在火鍋前一邊無聊地嘀咕「那邊的肉，好像已經好了」或「要加一點燒豆腐吧」一邊吃。

想吃漢堡牛排或可樂餅，也只能自己做。我經常多做一些，放進冷凍庫。想吃了拿出來解凍，再烤或炸了一個人吃。開一瓶中等價位的葡萄酒，邊看電視上的棒球轉播，邊聽史坦·蓋茲的舊唱片，邊默默地，沒有裝飾氣氛（不用說，不會點蠟燭），不過自己也覺得滿幸福地熱呼呼地吃。

有一次冰箱故障。冰箱的問題在於每次都是唐突地壞掉。沒有預告，一留神時已經不行了。眞不巧我剛剛一口氣做了很多可樂餅冷凍起來。看著那些就在眼前一刻刻自然解凍下去，覺得好難過。就像眼看著腸撚轉的無辜小貓時那種心情。絕望之下，把解凍的都一一炸起來吃掉，但胃袋的容量實在有限……。

說到炸牡蠣，怎麼說還是要配高麗菜絲。老實說，我還滿擅長切高麗菜絲。切切切地切成絲，裝滿大碗裡，一個人全部吃掉。基本上，菜只要有這個就夠了。一大碗高麗菜絲，和剛炸好熱騰騰的炸牡蠣。還在發出滋滋的聲音。此外只要豆腐和白蔥的味噌湯，加上熱熱的白飯，茄子泡菜。對了對了，在那之前必須準備好塔塔醬……啊不行，寫到這裡，忽然非常想吃炸牡蠣。眞麻煩。

本周的村上　山手線還有三站我沒下過車。下次要下車去看看。

自由而孤獨，但不實用

我開敞篷車已經十五年左右了。只有兩個座位，手排檔。很難說是實用性的東西，不過總算花言巧語地哄過太太，勉強繼續開了三輛。一旦習慣這種車子的生活，就很難回到原來的身體。

敞篷車的什麼地方讓你快樂呢？當然，在沒有屋頂。因爲沒有屋頂，所以只要一抬頭天空就在那裡。在等紅綠燈時，我會切到空檔，恍惚地望著天空。天晴的時候藍天一望無際，看得見鳥橫飛過去。有各種樹木。許多建築物，許多窗戶。隨著季節的改變，風景也逐漸變化。對了，我們平常生活中幾乎沒有抬頭看天空，我重新深深感覺到。對腳底下的事情知道很多，對頭頂上的風景卻意外地知道不多。

不過最美妙的，是眺望飄流而過的雲。雲到底從哪裡來，要到哪裡去？漫無目的地想到這些時，紅綠燈和交通阻塞都沒那麼痛苦了。恍惚之間紅綠燈變色了

還沒留意到，經常被後面的車子按喇叭。

只是敞篷車，女人的評語卻不太好。風會吹亂頭髮，太陽會曬傷皮膚，容易招來周圍眼光的注目，冬天太冷夏天太熱，開進隧道時說話也困難。因此我車子的副駕駛座不太有人坐。經常大多是我一個人呆呆地望著天空。表面看來好像很氣派，但敞篷車卻出乎意料之外是孤獨的車子。不過也沒關係。

高中時代我看了保羅．紐曼主演的《Harper》（梟巢掃蕩戰）。紐曼演住在洛杉磯的私家偵探哈波，開著一部Porsche保時捷老爺敞篷車。太太跑掉了，工作沒著落，差不多快邁進中年，連早晨要泡的第一杯咖啡的粉都用完了。一定喝到宿醉，早晨醒來電視從昨天晚上一直沒關。

但開著那油漆剝落的敞篷車浴著加州的陽光，頭髮被海風吹拂著時，他好像感覺又重新活過來了似的。然後摘下太陽眼鏡露出酷酷的微笑。至少我是自由的，他想。那樣開頭的一幕令我印象深刻。那部電影我看了好幾次。

不用說，無論現在或過去，我和保羅．紐曼都相距遙遠，但我也能明白他所感覺到的事情。「自由」這件事，就算只是片刻的幻想也好，依然是任何東西都無法替代的美好事情。

我一邊開著敞篷車，一邊經常聽——有時也會一起高聲唱——的是Eric Burdon & The Animals的〈Sky Pilot〉。這，眞棒。

本周的村上　奔馳在上越道看到「心需要煞車，健康需要舞茸」的看板。相當難解。

大蕪菁

俄國有一個「拔蘿蔔」的民間故事對嗎？幼稚園的遊戲中一定會有的節目，所以查一下You Tube看看，應該可以盡情欣賞全國幼稚園的「拔蘿蔔」公演。非常單純的故事，其中可能有某種吸引童心的東西吧。

只是我從以前就有一個疑問，這個故事好不容易大家一起用力拔起來了，就在這裡結束。但拔起來的蘿蔔要怎麼處理呢？我想像也許奶奶會把那煮了，請幫忙的大家一起吃，但那會好吃嗎？以我的經驗來說，生長到異常大的青菜多半風味欠佳並不美味。

大家汗流浹背，圍著餐桌試吃那蘿蔔的結果，卻變成「不好吃，受不了」，特地被叫出來的老鼠也抱怨道「什麼嘛」，到處聽得到這種不滿，幾年後俄國就發生革命了……事情不會這樣吧？怎麼會。

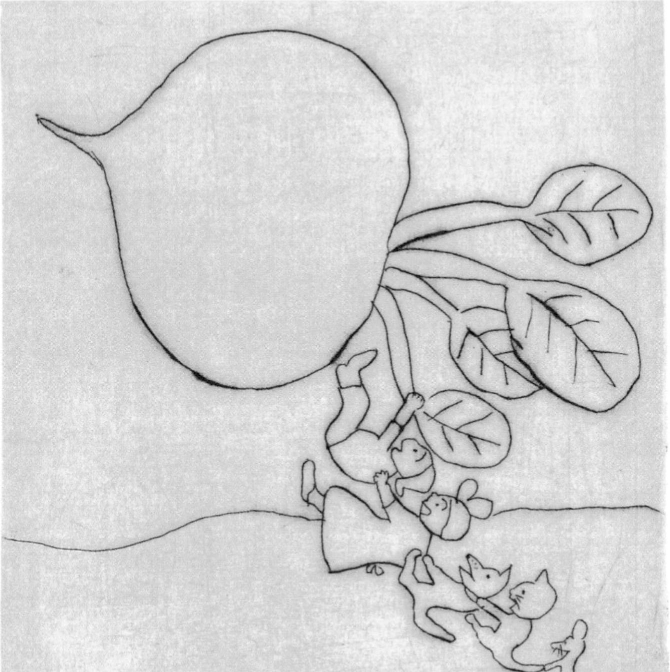

日本的「今昔物語」中也有大蕪菁的故事。從前從前，有一個男人從京都往東方去。半夜裡經過一個地方時，突然被激烈的性慾所襲，「不行，無法忍耐了」處於爲難的狀態。正好旁邊有蕪菁菜園，於是進去拔了一棵大蕪菁，挖了一個洞，就和那蕪菁感覺美好地做了好事（不適合幼稚園的遊戲）。幾分鐘後「啊，輕鬆了」男人把那蕪菁丟在菜園，繼續旅行。蕪菁很可憐，但總比去強暴附近的少女罪過輕多了。

第二天清晨，菜園主人的女兒（15歲）來到菜園，發現被丟在那裡的大蕪菁。邊說「哎呀，怎麼挖了一個洞」，邊把那吃掉。過了幾個月，肚子膨脹起來。明顯是懷孕的樣子。雙親生氣地問「妳做了什麼不檢點的事」，女兒卻不記得有過什麼。

「這麼說來，上次我吃了掉在菜園被挖了洞的大蕪菁，從此以後就不舒服，變成這樣了」女兒哭著說。雙親雖然無法相信（一般也無法相信吧），不過生下一個美麗的嬰兒來，因此說「好吧」便寵愛地撫養著。

到東國已經出人頭地的男人要回京都，又再路過那菜園。並因爲種種原因，知道自己五年前所侵犯的蕪菁，竟不可思議地讓這家千金懷了孕，生下孩子。說「哦，這也是一種緣分」因此兩人結了婚，從此過著幸福快樂的日子。

好奇怪的故事啊。讀幾遍都覺得非常超現實。也沒有任何教訓。或許無論性慾多強還是不能和青菜亂交比較好，蕪菁也有人格，是這個故事的教訓嗎？俄國和日本，同樣是蘿蔔或蕪菁的故事卻相當不同啊。

本周的村上　心想「有點奇怪，不過，算了吧」的國民性，可能不適合革命。

從這邊門進來

有時我會被問到「村上先生是設定什麼樣的讀者寫連載隨筆的？」被這樣問也有些困擾。因爲《anan》的主要讀者是二十幾歲的女孩子，不過我對二十幾歲的女孩子是什麼樣的人，她們在想什麼，怎麼想，幾乎沒有具體知識。我身邊的女助理和女編輯，再年輕也有三十幾了（失禮）。

因此，也沒辦法設定讀者。所以省得麻煩，總之就把自己想寫的事，以想寫的方式寫，心裡只這樣打算。雖然好像很任性自私，但也沒有其他辦法。所以請多包涵。

不過反過來以我來看，因爲一開始就放棄設定讀者，所以好像反而能坦誠而自然地寫文章。沒有了「必須寫這種事」的框架限制，所以可以盡情舒展手腳。嗯，這也是我會這樣在《anan》雜誌連載的理由之一。

以握壽司來說，選了米小心地煮好，用適當的力氣簡潔確實地一握。那樣做

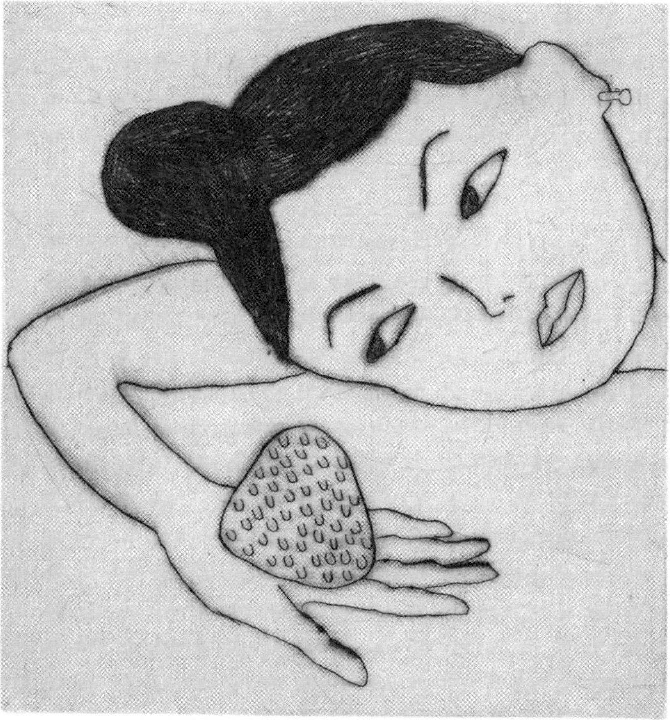

出來的握壽司，誰吃了都會感覺好吃吧。文章也一樣，只要確實「握」緊，不分性別年齡，裡頭的心情就會很順利地傳給對方，嗯，我樂觀地這樣想。如果錯了很抱歉。

我自己二十幾歲時過得相當忙亂。一般人從學校畢業，就業，然後結婚，我的情況完全相反，結婚，創業，然後才從大學畢業。要說亂七八糟確實是亂七八糟，但結果會變成那樣的順序也沒辦法。不像鋼琴演奏會，不能說「對不起。錯了」，從頭開始再彈一遍。

因此在莫名奇妙間，我的二十幾歲就那樣慌慌張張過掉了。打這邊門進來，就從那邊門出去。那十年間我記得的事情，說來是每天很勤快地工作，經常被還貸款所逼，養了很多貓，這樣而已。其他的事幾乎不記得。也沒有空閒時間站定下來好好思考。腦子裡連自己幸福或不幸福，這種疑問都沒浮現。

所以和世代沒關係，對世間一般人來說的二十幾歲是什麼樣子，我沒辦法適當掌握印象。那是快樂青春延長線上的東西，或只是爲了讓自己適應社會的辛苦過程而已？或所謂「世間一般」這東西本來就不存在？

你的二十幾歲是什麼樣的？或曾經是什麼樣的？老實說，對我來說，是相當認眞想知道的問題。

本周的村上　我在柏林看到「素食者漢堡店」。進去吃看看，出乎意料之外的好吃。

難挑的酪梨

世上有很多困難的事。例如從學藝大學前要到新木場去，搭地下鐵要如何轉車才能最快到，也是高難度的問題之一。不過全世界最困難的事，大概是要說中酪梨的成熟時候吧，我個人這樣想。不妨把全世界的優秀學者齊聚一堂組成「告知酪梨成熟的智囊團」。有沒有人願意爲我成立這種智囊團？沒有吧。

不管怎麼說，酪梨的問題在於，從外觀看或用手摸，都無從知道到底是不是可以吃了。「大概可以了吧」切開一看，還很硬，心想「大概還早吧」放著不管卻變成軟趴趴了。到目前爲止我就很可惜錯失浪費了很多酪梨。

不過世間有各種擁有特殊才能的人。我曾經到夏威夷的考艾島住在北岸寫長篇小說，附近有一個叫Kilauea基拉韋厄的小村子。開車的話只要一分鐘就可以穿過的小村子。在這Kilauea的小村子朝燈塔方向的大馬路稍微往右彎進去的地方，有一個小水果攤，這裡有一位賣各種水果的胖太太，對酪梨成熟度的預測幾

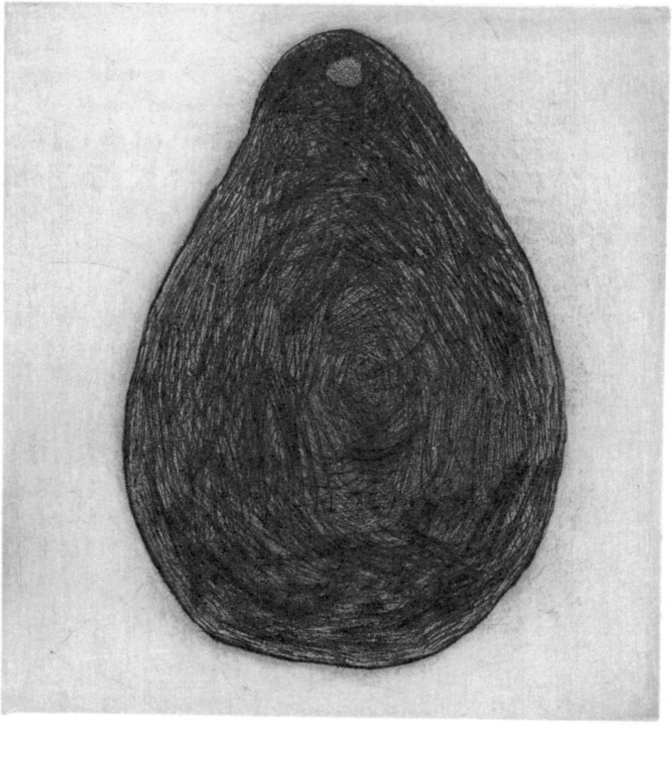

乎可以完美地說中。

「這個還要三天」、「這個明天之內就要吃掉喔」每次買酪梨時她就會教我，準確得讓我感動的地步。已經可以說是超能力了。我為她那預測之正確而感動，大概經常都在那裡買。其他水果攤的人所指示的「可吃時候」大概都不準。

酪梨說起來最棒的吃法，怎麼說還是加州壽司捲，做成沙拉也很美味。小黃瓜、洋蔥和酪梨混合涼拌，加薑汁提味的簡單沙拉已經成為我們家常吃的私房菜了。有一段時期每天吃。

白天專心寫小說，天黑時，常常到這Kilauea村的小電影院去看電影。不過很遺憾這家電影院開了兩年左右就關閉了。

克林·伊斯威特導演的《神祕河流》就是在那裡看的。非常有趣的電影，但快結束時軟片忽然著火啪一下斷片。「快演完了啊，在這麼重要的地方斷片真是的……」正氣惱時，有人站起來雙手一攤大叫「喂，到底犯人是誰（Hey, who's done it?）」，大家——說起來頂多也不過二十個人左右——都爆笑起來。

這麼說來，昭和三十年代的日本電影院，也有這種親密的氛圍，後來想起來好懷念。不過偵探推理電影不知道結尾，還是很難過喔。就算退票也一樣。

因此我每次看到酪梨，就會不由得想起不明結局的《神祕河流》。

本周的村上　如果有酪梨炸蝦蓋飯的話我倒想吃吃看，什麼地方有嗎？

不得不穿西裝

我向來都是個自由業者，因此幾乎沒有穿西裝的機會。世間或許會有人說「沒必要打領帶，不過因爲我打心底喜歡領帶這東西，因此每天一定會打。」但我周圍一個也沒有，當然我也不做這種事。說到領帶，不習慣的話滿痛苦的喔。夏天又熱。

不過這樣的我，住在羅馬時，也常常穿西裝打領帶。要問爲什麼，如果不穿上筆挺的西裝的話，在餐廳人家不會帶你到好位子去。義大利是這方面很清楚的國家。以服裝來看人。以穿著的質感和穿法來判斷人的地位，加以對應。所以吃虧幾次之後，在我太太的強烈希望之下，該去像樣的餐廳時，一定會穿西裝，打領帶。好不容易去用餐，總不希望被帶到像棉被間那樣糟糕的餐桌去。

所以住在義大利時，做爲餐廳對策，我買了幾條領帶。Armani、Missoni或Valentino。不過，在當地買，所以比較便宜，但現在完全收著不用了。

在日本，不像在義大利那樣以穿著來區別待遇，所以穿西裝的習慣又乾脆地放棄了。一年頂多穿個一兩次。話雖這麼說，我也總算是個社會人，所以有時也會突然出現非穿西裝不可的狀況。有必要每個季節和不同用途各準備一套。因此，有時我會下決心去買西裝。雖然心想既花錢，又麻煩，不過也沒辦法。

那麼，去買西裝時，我會穿著西裝去買。因為穿著短褲和涼鞋到店裡去，要選西裝相當困難。所以我會穿西裝打領帶，穿著皮鞋，把腦袋啪地轉到西裝模式後，才去買西裝。

不過仔細想想，說到我穿西裝，好像是這種情況最多。說得快一點，就是我好像是為了去買西裝時要穿，而買西裝的。這種事說不太通吧。

我買過的西裝中，自己記憶最深的，是在領《群像》這文藝雜誌的新人獎時，頒獎典禮所穿的那套。我那時三十歲，因為連一套西裝都沒有，於是到青山的VAN店去（以前在現在的Brooks Brothers那一帶），買了一套橄欖綠的棉質西裝。那是初夏時分。也買了米色系襯衫、茶色針織領帶。因為已經沒錢買皮鞋了，所以穿著褪色的Converse匡威運動鞋。偶爾穿西裝時，現在都還會忽然想起那時的棉西裝。

既然有，就該常穿西裝啊，偶爾會想，不過畢竟很麻煩……。

本周的村上　言歸正傳如果有「林奈的日記」（生物學家Carl Von Linne）的話，故事一定永遠說不完。

與衆不同的腦袋

世界上有無論如何都比不上的人。雖然不太多，不過偶爾有。

例如羅伯特．奧本海默就是。你知道奧本海默嗎？第二次世界大戰中，主持原子彈研究開發的猶太裔美國物理學家，被譽爲「原子彈之父」。很久以前就過世了，我也沒有親眼見過，他就是以頭腦超好聞名於世。

例如有一次他想讀但丁的原文書，就爲這個，他花了一個月時間學會義大利文。爲了要到荷蘭去講課，就想「機會難得」於是學了六星期後，就能說一口流利的荷蘭語。他對古印度的Sanskrit梵文也有興趣，能熟讀古印度經典史詩《薄伽梵歌》原典。總之要是有興趣，只要稍微集中精神，大多的事情都能輕鬆學會。普通人絕對沒辦法吧。任何人從任何方面來看都立刻可以知道他是個天才。

這樣的他卻唯獨缺乏政治感覺。能專注地研製出原子彈固然很好，但看到那實驗結果卻臉色慘白地說「我製造出來的東西竟然這麼可怕嗎？」當原子彈被投

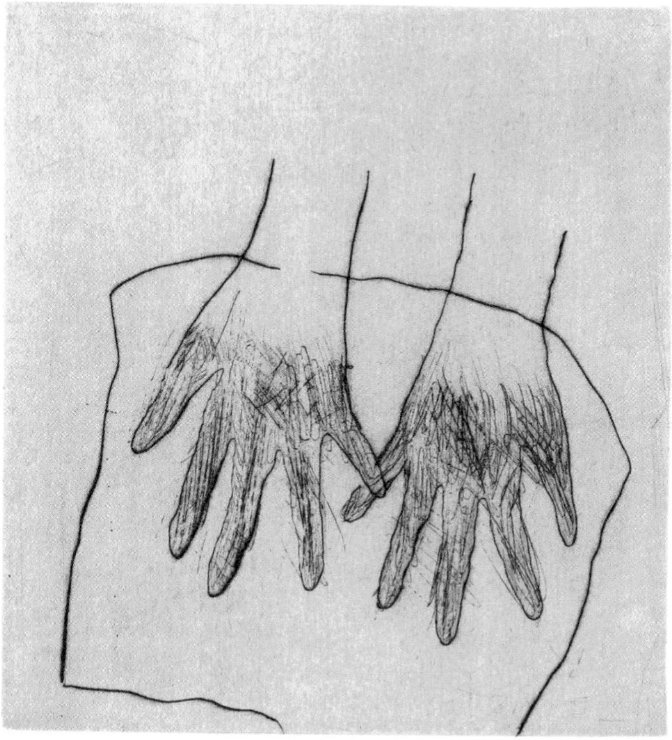

到廣島之後，他對當時的杜魯門總統說「我的雙手沾滿了血」。總統面不改色，遞給他摺疊得整整齊齊的手帕說「用這個擦擦」。政治家眞厲害啊。

學語文就像學樂器一樣。當然努力很重要，但天生的才能資質也很重要。我周圍也有幾個這方面才能特別出眾的人，稍微學一下外國語就能朗朗上口。英語、法語、德語、西班牙語、瑞典語、廣東話、日本語、韓國語都說得很流利，看到這樣的人時，自己都覺得慚愧。

我在學校學過英語和德語，私下跟老師學過法語、西班牙語、土耳其語、希臘語，不過總算好不容易學會的則只有英語而已。其他幾乎都忘了。法語現在立刻說得出口的只有「請給我生啤酒」和「那不能怪我」（到底是什麼樣的組合？）

不過在讀奧本海默先生的傳記時，我深深感到「幸虧我不是天才」。他不得不繼續背負著自己爲世間製造出大量破壞武器的重擔，度過餘生。雖然努力想做什麼補償，不過被捲進本來就不適合的政治的冷酷世界，受傷更深。

當然我距離「卓越的頭腦」相當遙遠，記得的事遠不如忘記的多，不過幸虧這樣，所以不至於遭遇到那麼殘酷的境遇。能邊喝生啤酒，邊說適度的藉口過日子。雖然也想過這樣行嗎？不過，沒關係吧。

本周的村上　「那不能怪我」是在讀了卡繆的《異鄉人》時記住的。因爲太陽太耀眼。

你知道《塞西亞人組曲》嗎？

前面寫過，我在收集舊的類比唱片。這種人通常被稱爲對黑膠唱片情有獨鍾的「Vinyl Junkie」（唱片毒蟲）。對ＣＤ幾乎沒興趣，對down load下載這回事，好像會問「這是什麼世界的事？」。

有一本Brett Milano著的《Vinyl Junkie》（河出書房新社）的書，我讀了之後有好幾處不禁點頭「嗯，有同感」的地方。雖然這位作者所收集的唱片是以搖滾樂爲主，不過和音樂領域無關，黑膠唱片收集者，都擁有全世界共通的精神。

這本書一開頭就出現普羅高菲夫的《塞西亞人組曲》（Scythian Suite，或稱《西古提組曲》）。由Mercury唱片公司出品，安塔爾．多拉蒂Antal Dorati指揮倫敦交響樂團演奏，一九五七年錄製的。是世界最初銷售的立體音響唱片中的一張，以錄音聲音美好聞名。從幾位唱片愛好者聚集在波士頓郊外，在大型喇叭前聽著這不容易到手的唱片時開始。

「摸摸看這邊緣。圓圓滑滑的喔。」帕特用手指摸著唱片邊緣說。（中略）細心檢視著臘光紙製的唱片封套，凝神注視盤面溝紋終止的黑色部分。那裡有圓圈圈起來的小小I字。這是印地安納波利斯Indianapolis的I，意指這張唱片是RCA的印地安納工廠製造的。就像純正的毒品那樣，並沒有摻雜便宜東西或成分。

爲這種細微事情而大幅度一喜一憂的心境，是黑膠唱片迷之外的人所無法理解的。不過不知是幸或不幸，我能理解。順便一提這張LP的拍賣行情大約是一百美元左右。

老實說我也有這張多拉蒂的《塞西亞人組曲》唱片。溝紋結尾部分也有I字刻印。我收集的雖然主要是爵士樂唱片，但到中古唱片行去沒找到想要的東西時，有空會轉到古典音樂箱去看看。邊想「這樣下去會無法自拔」，看到有趣東西價格合適還是會買。《塞西亞人組曲》就是其中的一張。價格便宜（三美元），讀到本書前還不知道這麼珍貴。

不過演奏非常棒，聲音也非常美，實在難以相信是五十年前錄音的。坐在大型喇叭前聽時，那率直的野味現在依然奔放。粗獷的巨大重量感，不知怎麼現代的洗練錄音已經失去這個了。

「音樂一旦變得哄騙般安穩之後，加上銅鑼，雷聲再度隆隆響起。『就是這個！這才是重金屬！』收藏家大聲說，那像聲部般和曲子調和。『好好聽啊，是齊柏林飛船Led Zeppelin。你們是草包！』」

光爲了一張唱片就能這樣熱烈地興奮，你不覺得是至高的幸福嗎？不覺得？不過，也沒關係。

本周的村上　上次晃到奄美大島，有空一直在海邊撿貝殼。不會膩喲。

決鬥和櫻桃

喜歡櫻桃嗎？我本來並沒有特別喜歡，不過高中時代讀了普希金的一篇短篇小說，從此以後就變喜歡了。有一段時期一直只買櫻桃吃。

你可能會問，爲什麼讀了普希金後會變成常吃櫻桃？或許不會問。不過假定問起，我來繼續說下去。如果認爲「管你喜歡櫻桃，或討厭西瓜，無所謂，我很忙」的人，下面可以不讀。不過那麼忙的人，可能從一開始就不會讀這隨筆吧。

普希金有一篇叫〈那一槍〉的短篇小說。十九世紀俄國的故事。青年士官希爾維歐怎麼都看不順眼新任士官。新任士官英俊又有教養，年輕多金腦筋又好，個性開朗深受大家喜愛。立刻成爲部隊的明星，舞會中女孩子們成群聚在他周圍。希爾維歐以前也曾經是那樣醒目的存在，但現在光彩卻被新任士官搶走了，當然覺得無趣。

兩個人在不斷的輕微衝突之後，終於演變到決鬥的地步。十九世紀在俄國決

鬥並不是多稀奇的事（普希金自己，也在決鬥中喪失性命）。希爾維歐以緊張的臉色出現在清晨的決鬥場所，對手英俊士官卻邊吃著櫻桃，一副無所謂的樣子來到現場。一手抱著裝了櫻桃的軍帽，吃完一顆就輕鬆地吐出一粒種子。

希爾維歐眼看這模樣更加火大。這生命交關的時刻，對方還當家常便飯。看來連自己今天早晨可能就這樣喪失性命這回事，似乎也只不過是人生中的一個微小插曲而已。希爾維歐感到深受侮辱。

首先由英俊士官開槍，沒射中。這次輪到希爾維歐射擊。但到了這個節骨眼上，對方依然繼續無所謂地吃著櫻桃。希爾維歐把瞄準的槍放下。說「我想保留射這一槍的權利」。一個不怕死的對象，殺他又有什麼意義？

從此以後故事如何發展？很有趣的小說，如果有興趣不妨自己去讀看看。這方面的故事結局不宜透露。

自從讀了這篇故事後，我就常吃櫻桃了。雖然我既沒有在舞會中被女士們包圍，也沒有引起決鬥騷動事件，不過在吃櫻桃時經常想起這本小說，可以（多少）假裝擁有一個不怕死的年輕人的心情。手上拿著裝了櫻桃的紙袋，一邊悠哉地吃著一邊走在街上、或在巴士上，或在看電影。現在偶爾也吃櫻桃，不過不管多酷地吐出櫻桃種子，都不再有以前那種「不知道害怕」的心情了。可能是實際經歷過各種可怕事情的關係吧。

本周的村上　伊丹機場有Glico的跑者看板，寫著「要不要跟我一起拍照」。我當然拍了。

向烏鴉挑戰的小貓

我在千駄谷的小巷子散步時，看見一隻跟烏鴉挑釁的小貓。

幾隻大烏鴉停在樹枝上，一隻白色小貓正朝牠們挑戰。當然烏鴉體型比較大，力氣大，數量也多。尖喙也銳利。所以如果眞的打起架來，小貓是沒有勝算的。完全沒有。不過貓還是很認眞地邊喵號著，邊勇敢地往樹枝上爬。爲什麼要這樣做？不知道原因何在。一定是發生過什麼氣不過的事。

無論如何，烏鴉那邊完全沒有要打架的樣子，貓撲過來時只不過「呱」地嘲笑般叫一聲，便往旁邊別的樹枝移動一點而已。貓還不氣餒繼續對別隻烏鴉挑戰，那隻烏鴉也「呱」一聲往別的樹枝移動。隨便應付貓的樣子顯而易見。

我那時因爲閒著（大多很閒），因此暫時旁觀那發展。偶爾也對小貓出聲支援「喂，加油啊！」這麼一來，幾乎跟小林一茶支援瘦小青蛙一樣的狀況。

如果對方是人類的小孩，而我是以前的劍俠的話，或許會說「看來你頗有志

氣的樣子，就收你當徒弟，教你練武功吧，跟我來」，可惜我既不是劍俠，對方又只是一隻小貓而已，因此也不能這樣。

無論如何貓還在拚命追趕，烏鴉則惹得對方乾焦急之後，卻展開翅膀逃走了，這樣沒完沒了地反覆，因此我也看膩了，走開了。不知道後來怎麼樣。但願沒受傷。眞是不懂世間事的無謀小貓。

不過仔細想想，我年輕時候也很類似。人家說「對方不好，但沒有勝算」，只要有什麼了不起的東西，就會立起尾巴擺出一副要打架的姿態。不是我自豪（不過發生過許多，現在想起來但願沒做過的事），那只是我的天性而已。與生俱來的個性。沒辦法改。外表看不出來（其實）動不動就冒火。因此到處撞得傷痕累累。

對我來說的烏鴉群，以一句話來說就是「體制」。各種以威權爲中心的框架。社會性的框架、文學性的框架。當時那些看起來就像聳立的石壁一樣。以個體的力量是無法對付的堅固東西，那些就在眼前。不過現在似乎已經到處分崩離析，石頭倒塌，再也無法充分扮演高牆功能了。

這可能是值得歡迎的狀況。不過老實說，體制還堅強的時候，比較容易對抗。也就是說，當烏鴉還好好停在高高的枝頭時，比較容易看清楚構圖。現在什麼是該挑戰的對象，該對什麼生氣才好，已經比較難掌握了。只能想辦法睜大眼睛仔細看了。

本周的村上　小田原厚木道路「小心鹿」的看板突然變成「小心動物」。那麼，到底會出現什麼呢？

男作家和女作家

到書店的小說區時，很多地方會分「男作家」書架和「女作家」書架。我寫的書當然會放在男作家的書架上。依照あいうえお的順序，大概都被夾在宮本輝先生和村上龍先生之間。

可能有人會說「這種事不是當然的嗎？」不過就我所知，外國的書店就沒看過書架區分作者男女性別的。非洲和回教國家的書店情況我不清楚，至少在歐美就從來沒看過這種分類。他們不分男女在相同的書架上依英文字母順序排列。我說在日本是這樣排的，大家都很驚訝。

「在日本男性讀者多讀男性作家的書，女性讀者多讀女性作家的書，這種傾向好像很強。」我說明，他們問「就算是這樣，男女作家分開排列又有什麼意義？」被這麼一問，嗯，確實似乎沒什麼意義。

不如說，由於把女作家和男作家切割開來，可能更助長女讀者喜歡讀女作

家，男讀者喜歡讀男作家的傾向，這一定不是太健康的事。又不是大眾澡堂，把各種小說男女混合排在一起，感覺好像比較自然。雖然生殖器的結構有點不同，但畢竟是使用相同的語言，寫著相同世界的事象。

相對的（這樣說有點怎麼樣）外國大書店會有「同性戀作家」的角落。日本則沒有。造訪這裡的人幾乎都是男同性戀和女同性戀吧，找「同性戀小說」，因為帶著這樣明確的目的意識來書店，所以書店有以獨立書架陳列這類書的必然性。和日本的書店把男作家和女作家分開的情由不同。

換個話題，上次我到附近的魚店，看到柳葉魚依男女（雌雄）分開賣。價格是雄的絕對便宜。雌的因為帶卵，價格比較高。雄的瘦瘦小小的，看起來雖然帥，但在魚店這種非物質交換性完全不被重視。

話雖如此，這樣便宜拋售也未免太可憐了。雖然事不關己，但以一個男人來說也覺得心疼。不禁同情起來說「我要這個」，以幫助被虐待的烏龜的浦島太郎的狀態，買了雄的柳葉魚。不過回到家烤來吃時，一點都不好吃。重新痛感柳葉魚還是要雌的才好。

男作家也別變成像這種雄柳葉魚的狀態一樣，必須能寫出美味不輸給女作家的小說才行。邊喝著〆張鶴「純」（清酒），啃著乾燥無味的細瘦柳葉魚，邊獨自毫無脈絡地警戒自己。

我的小說讀者從以前開始，大體上就一貫男女各半。而且女讀者漂亮的多。

不，眞的。

本周的村上　上個月聽了 Aretha Franklin 唱的〈My Way〉，第一次覺得「嗯，不錯的曲子啊」。

June Moon歌

披頭四解散了，成員各自開始分開活動後不久，保羅．麥卡尼情況絕佳。一張接一張推出新唱片，很多都高掛排行榜前幾名。相對之下約翰．藍儂的活動則比較低調。至少不能說在商業上大有斬獲。這邊有他的味道沒辦法。保羅的曲子是誰都可以理解的明快開朗，約翰的音樂則經常有某種陰鬱憂愁。不過對約翰來說畢竟不是滋味。

那陣子，聽到從收音機傳來保羅的曲子，約翰喃喃抱怨時，妻子洋子就會安慰他「別在意，約翰。那只不過是June moon song而已」。因爲我並沒有在旁邊聽到，無法確定是眞是假，不過曾經讀過這件事。

所謂「June moon song」，也就是說輕輕鬆鬆就能隨便作出來的曲子。「June」六月和「moon」月亮可以輕鬆押韻。以這種到處可以聽到的音樂受到世間歡迎也沒什麼，洋子可能想說這個。

以我個人來說，還滿喜歡保羅曲風的輕鬆，不過在披頭四時代他的音樂還是有獨特的張力。可能由於和約翰搭檔組合的關係而互相刺激、牽制，而產生了那樣的緊張感。但後來保羅的曲子就減少了那種深度。而約翰的音樂中，過去那「盡情奔放的新鮮感」可能也逐漸淡化。當然開放性和成熟度有些地方被取代了，披頭四就是那樣奇蹟式的組合，雖然事到如今我說這些也沒用了。

說到六月就讓我想到Burton Lane波頓．藍恩所作的〈How About You〉的曲子。「I like New York in June，How about you?」我喜歡紐約的六月，你呢？I like a Gershwin tune, how about you?我喜歡蓋希文的音樂，你呢？

在這裡六月「June」和音樂「tune」押韻。這也相當輕鬆。或許會被洋子罵。不過是非常瀟脫、迷人的歌。每次六月來臨，我就會想聽法蘭克．辛納屈輕快唱的這首曲子。

開始到美國住下來那陣子，在大學健身房的更衣室邊換衣服，因爲周圍沒有任何人，於是不由得哼起山姆．庫克的老歌。我唱起開頭「Don't know much about history」（不太知道歷史）時，三列前方的保管箱處，就有人以超群的時間幫我接著唱「Don't know much about biology」（也不太知道生物學）。那時我重新深深感到「啊，對了，我來到美國了」。

這也是徹底輕鬆押韻，不過卻很美好的歌。曲名叫〈Wonderful World〉（美好世界）。聽著之間，或唱著之間，會很想戀愛。

本周的村上　我曾經用「hammer」（鐵鎚）和「menmar」（筍乾）押韻寫歌詞。這也很輕鬆吧？

翡冷翠的小泉今日子

一九八〇年代中期，我在羅馬住了幾年。村上龍（先生）因工作要來義大利，很體貼地問我「如果有需要什麼東西，我幫你帶去」，我說「那麼我想要日本語歌曲的錄音帶」。那是SONY WALKMAN隨身聽還是新產品的時代。他選了五卷各種錄音帶幫我帶來。

其中我喜歡井上陽水和小泉今日子的，經常聽。〈Negative〉和〈Ballad Classics〉。因爲從早到晚一直聽羅馬腔蹦蹦跳跳的義大利語，耳朵一定太累了。所以日本語的聲音聽來特別窩心。

過一陣子，我一個人去威尼斯旅行。當時，我個人發生了一件很難過的事。心裡很苦悶，處在意識紛亂無法整理自己的狀態。因此我關閉起思考迴路，讓頭腦盡量放空，只顧遊走在陌生的街上，邊用隨身聽反覆聽著同樣的音樂。

春天的威尼斯雖然是個美麗的地方，但在那次旅行中，只記得運河水面反射

的平穩波光，和耳機所反覆傳來小泉今日子的歌。不過雖然聽了很多次，歌詞卻想不起來。記憶中有旋律和聲音，但語言的內容卻接近空白。日本語的聲響，和那是以語言所表達的訊息之間連結不上——可能是這樣。

不過反而由於沒有連繫的關係，這些歌以懷念的暗號的片片段段聲響，在異國之地保護著我。有這種感覺。雖然沒辦法適當說明。

在我的人生中，過去曾經有過幾次眞的很悲哀的事。由於通過那些事情，以至於身體的組成都到處起了變化的難過程度。不用說，誰都沒辦法無傷地度過一生。不過每次那樣的時候都有某個特別的音樂。或者說，每次在那個場所，我都需要某種特別的音樂。

有時候那是邁爾斯·戴維斯的唱片，有時候是布拉姆斯的鋼琴協奏曲。而有時候是小泉今日子的卡式錄音帶。當時音樂碰巧在那裡。我無心地拿起來，以眼睛看不見的衣服穿在身上。

人有時候，所懷抱的悲哀或難過會附著在音樂上，以防止自己被那重量壓得四分五裂。音樂具備這種實用的機能。

小說也具備同樣的機能。雖然心痛和悲哀是個人性的、孤立的東西，但同時在更深的地方也是能與人分擔的東西，是在共通的廣闊風景中可以悄悄組合進去的東西，那些教給我們這個。

但願我所寫的文章在這個世界的某個地方，也能像那些一樣產生作用該多好。我衷心這樣希望。

本周的村上　你看過「嫩葉標誌」和「紅葉標誌」並排出現的車子嗎？不想太靠近吧？

後記

讓我參與畫插畫

大橋步

村上春樹先生在《anan》雜誌上再度連載隨筆「村上收音機」，是我做夢都沒想到的事，因此當我聽到要像上次那樣用我的版畫當插畫時，我太高興了，一時不知如何是好。

10年前在《anan》雜誌連載隨筆「村上收音機」時，負責的總編輯是現任第二書籍部的總編輯鐵尾先生，這次好像也是由他邀稿的，他感慨地說「試著向他開口眞是做對了！」現任《anan》總編輯熊井先生和現任負責編輯郡司先生應該也都認爲這是「了不起的工作」。

在舞台背後，有這樣的驚喜，眞是邊懷著特別的緊張感，分別進行工作的（這將收錄一年份所以還在連載中）。如果要說以這種心情工作是絕無僅有的，可能會被罵那麼別的工作就可以隨便嗎？不過村上春樹先生的工作，對我們來說顯然是特別的。要問爲什麼是特別的？因爲我是他相當熱烈的書迷。以編輯者的工作來說，村上先生雖然是世界性的人氣作家，但卻不會到處寫，不如說絕少寫連載隨筆。

我想其他雜誌的編輯們一定在想，爲什麼《anan》就可以？10年前《anan》連載「村上收音機」用我的版畫當插畫時，幾個編輯都問起「爲什麼會找妳呢？是經過什麼樣的過程才決定妳的？」我長久以來身爲一個插畫家幾乎沒有被問過這種問題。正因爲村上春樹先生是特別的作家，所以周圍的人也特別感興趣。

從舞台背後來說，雖然可以說給了我超幸運的工作機會，但以我的情況來說，是否每星期都可以畫出很好的畫？沒這回事。上次的還好，不過這周的卻往往畫不好。不過因爲難得有這樣特別的工作機會，所以心想明天一定要畫出好畫來，就這樣繼續畫下去。

繼10年前的《村上收音機》之後，這第二本的設計也由葛西薰先生設計出高雅美麗的書。本文和封面的初校稿送來給我看時，我重新感覺到能讓我參與「村上收音機」的工作眞高興。現在正一心期待這本書早日出版。

村上春樹先生謝謝您。

本書收錄自《anan》雜誌No.1680（2009年10月21日號）、No.1698（2010年3月3日號）、No.1701（2010年3月24日號）至No.1750（2011年3月23日號）上面發表的「村上收音機」連載，經過加筆修正而成。

作者　**村上春樹**

一九四九年生於日本京都府。出生後很快搬到兵庫縣西宮市夙川，後又搬到蘆屋市，在此度過青少年時光。早稻田大學戲劇系畢業。

一九七九年以《聽風的歌》獲得「群像新人賞」，新穎的文風被譽爲日本「八〇年代文學旗手」，一九八七年暢銷七百萬冊的代表作《挪威的森林》出版，奠定村上在日本多年不墜的名聲，除了暢銷，也屢獲「野間文藝賞」、「谷崎潤一郎文學賞」等文壇肯定，三部曲《發條鳥年代記》更受到「讀賣文學賞」的高度肯定。除了暢銷，村上獨特的都市感及寫作風格也成了世界年輕人認同的標誌。

作品中譯本至今已近60本，包括長篇小說、短篇小說、散文及採訪報導等。

繪者　**大橋步**

生於日本三重縣。多摩美術大學油畫科在學中，即在雜誌發表插畫。

一九六四（昭和39）年，於《平凡Punch》雜誌封面出道，持續負責該雜誌封面達七年半。從此活躍於雜誌、廣告，並替許多書籍（例如《這是太陽公公》）畫插畫。現在並參與許多隨筆寫作。著有《今日的我》、《穿得光鮮亮麗》、《餐桌上的幸福》、《酷之助熊寶寶》等。

譯者　**賴明珠**

一九四七年生於台灣苗栗，中興大學農經系畢業，日本千葉大學深造。回國從事廣告企畫撰文，喜歡文學、藝術、電影欣賞及旅行，並選擇性翻譯日文作品，包括村上春樹的多本著作。

藍小說959

村上收音機2　大蕪菁、難挑的酪梨

作　　者——村上春樹
繪　　者——大橋步
譯　　者——賴明珠
主　　編——嘉世強
編　　輯——黃嬿羽
美術設計——莊謹銘
執行企劃——林貞嫻
校　　對——賴明珠、黃沛潔

董 事 長——趙政岷
出 版 者——時報文化出版企業股份有限公司
108019台北市和平西路3段240號3樓
發行專線—（02）2306-6842
讀者服務專線—0800-231-705・（02）2304-7103
讀者服務傳真—（02）2304-6858
郵撥—19344724 時報文化出版公司
信箱—10899臺北華江橋郵局第99信箱
時報悅讀網—http://www.readingtimes.com.tw
電子郵件信箱—liter@readingtimes.com.tw
法律顧問——理律法律事務所　陳長文律師、李念祖律師
印　　刷——華展印刷有限公司
初版一刷——2012年11月9日
初版十刷——2021年9月9日
定　　價——新台幣280元

時報文化出版公司成立於一九七五年，
並於一九九九年股票上櫃公開發行，於二〇〇八年脫離中時集團非屬旺中，
以「尊重智慧與創意的文化事業」為信念。

村上收音機. 2, 大蕪菁、難挑的酪梨 / 村上春樹著；賴明珠譯. --
初版. -- 臺北市：時報文化, 2012.11
面；　公分. --（藍小說；959）（村上收音機系列）
ISBN 978-957-13-5673-0（精裝）

861.67　　101020288

OOKINA KABU, MUZUKASHII ABOKADO — MURAKAMI RAJIO2
by Haruki Murakami

Originally published in Japan by Magazine House, Ltd., Tokyo.
Chinese (in complex character only) translation rights arranged with
Haruki Murakami, Japan
through THE SAKAI AGENCY and BARDON-CHINESE MEDIA AGENCY.

ISBN 978-957-13-5673-0
Printed in Taiwan